U0554197

我似猫

吾 輩 ハ 猫 ニ ナ ル

人民文学出版社

著作权合同登记号　图字 01-2015-0155
WAGAHAI WA NEKO NI NARU
© Yuta Yokoyama 2014
All rights reserved.
Original Japanese edition published by KODANSHA LTD.
Publication rights for Simplified Chinese character edition arranged with KODANSHA LTD. through KODANSHA BEIJING CULTURE LTD. Beijing, China.
本书由日本讲谈社授权人民文学出版社出版发行简体字中文版,版权所有,未经书面同意,不得以任何方式做全面或局部翻印、仿制或转载。
图书在版编目(CIP)数据
我似猫/(日)横山悠太著;宋刚译. —北京:人民文学出版社,2015
ISBN 978-7-02-010933-3

Ⅰ.①我… Ⅱ.①横…②宋… Ⅲ.①中篇小说—日本—现代 Ⅳ.①I313.45

中国版本图书馆 CIP 数据核字(2015)第 093878 号

责任编辑　于　壮　陈　旻
责任校对　李晓静
装帧设计　李思安
责任印制　王景林

出版发行　人民文学出版社
社　　址　北京市朝内大街 166 号
邮政编码　100705
网　　址　http://www.rw-cn.com

印　　刷　北京智慧源印刷有限公司
经　　销　全国新华书店等

字　　数　54 千字
开　　本　787 毫米×1092 毫米　1/32
印　　张　3.625　插页 7
印　　数　1—8000
版　　次　2015 年 9 月北京第 1 版
印　　次　2015 年 9 月第 1 次印刷

书　　号　978-7-02-010933-3
定　　价　29.00 元

如有印装质量问题,请与本社图书销售中心调换。电话:01065233595

自　序

可以说，我的寓所也如铁屋子一般，平日少有人访问。某日，偶或来谈的马君飘飘然的飞了进来。

“如果有我能够读的书，我的意思是说，以我所能够的日本语，不必查字典也可以读的书，请您一定荐一本。”

我也许能够明白马君的悲哀。

他接着说道：“近来的日本语，外来语一天一天的多下去了，歪歪斜斜的觉得仿佛道士的咒语或者学者们的暗号。”

“你可知道这外来语是我们学习日本语的中国人的冤家！”

我因为从小生长在日本语里，因而到现在才全然晓得他讲的道理。原来中国人这般看待日本语，我忽而发生了很大的兴味。马君那感觉恐怕正如皱着眉心看电气制品的说明书的老年人罢。

然而我和马君用日本语谈天时,我仿佛觉得马君的日本语比我还透彻,博学得多。“故常无欲以观其妙”“这且不谈”“而况这路的尽头,又不过是连墓碑也没有的坟墓”“倘若我一去竟不回来了呢”等等,优美高尚的日本语在马君的嘴里竟毫没有一些违和感。

我觉得很异样:竟遇到了平生在日本人中也不像会有的人,然而马君的确是这样的人。

于是我又略有些不解马君提到的心愿的必要。

马君的年纪,比我长一轮。他当大学生的时候,开始自己学习日本语,生平一回都没有到过日本国,万想不到日本语的能力竟至于如此之高,实在很值得惊异了。

“读一些过去日本人写的文艺罢!”我说完话,就毫不迟疑的从书架上摸出几本日本文的小书借与了他。这大半也还是因为寓所里的书架上多是这类叫做文库本的书籍。

过了三日,马君又飘进了我的寓所。马君刚跨进门,就从包裹里掏出我借给他的小书来。竟读得这样快!我颇有些骇异:莫非他有点不大喜欢我借给他的那些日本文的书么？马君向着我说:“外来语的片假名的字母少了,倒是极好的。只是言辞和文章有些古旧,一些汉语全不是中国的现代的用法,陈腐得很哩！这模样,是读不下去的。其中有一个叫做夏什么的,连汉字也用得乱七八糟,不成样子。你看的这样的货色,在中国只能算马马虎虎的作家。”

看着马君在我面前毫无顾虑地给代表我们日本国的作家很大的侮辱,我很有些气忿了。但是我立刻平静了,似乎有了主意。这主意可是很有些荒唐,有些古怪,甚而至于有些过于夏什么的作家的马马虎虎了。于是我并没有将这主意告诉马君。况且我自己也觉得不过单是这样想,万想不到这主意将来有一日能够实行。

从那一回以后过了将近半年,正是上海办万国博览会很是热闹的时候。我却实在没有想到,我第三次失了职业。我只是每天抱着阴郁的心地过日,也不去想做点什么别的事,麻烦。有一回,我竟想到改变自己的不好的心绪:爬上黄山去看一看罢。可是那时天气有些古怪,早上还像是北方的无风的晴天,下午就突然洒下一阵雨来。倘不然,就算是晴天,也潮热得很,呼吸苦苦的,胸口闷得慌。不知不觉间,连身体都更加不喜欢出门了。

地上杂乱而尘封的中国语的教科书,连翻看的心思也没有。想读一读书,书架上的书籍却也早已经读完。闲来无事,有几日终日坐在窗下慢慢地做针线,所有的袜子上所有的洞也都渐渐被我堵住。终于,我想不出什么事做了。往常的我,也该早已图谋一份工作营生。可是我生来喜欢懒散而闲适的生活,于是决定过些时日再去思量。那时我还悠悠然的想:时机到了,工作自然会寻上门来找我的罢。

渐渐地我如暗室的孤灯一般,周围充满了没有经验过的灰色的无聊。《我似猫》这部作品,正是在这片百无聊赖而又养分充足的泥土里的作为我驱除寂寞的名目而诞生的一件东西。

然而至今我还没有写过小说模样的文章,只是很喜欢读,读着读着自然就想到了写。有一回,我趁势弄出来一篇暂且称作小说的东西,悄悄地放到了因特儿奈特上,打算推而广之。过了一个月,我终于忍耐不住打开来看,却发见没有一点被读过的痕迹。我有些气忿,决定自己重新细细读一遍。读完后,我又有了新的发见:实在是一篇不值一读的傻头傻脑的玩意儿。我飞快而且恐慌地消灭了这东西。“没有被人读,无论如何不能不说很是一件侥幸的事。”我想。

无聊与寂寞又一天一天的长大起来,如大毒蛇,缠住了我的灵魂。我已经感到就死的悲哀了。这时,半年前马君的事情曾经留给我的启发又仿佛旋风似的在脑里一回旋了。这启发便是:写一篇给学习日本语的中国人看的小说罢!我悬揣:我所想的那样的小说暂时还没有存在,在人间会有读者的所求罢。于是,我的所想与我所想的所求合伙使这启发变为起床了。自从有了这念头之后,我就和先前两样了。我所感到寂寞与无聊的灵魂复生了,我忽然觉得有了无穷的气力,这确乎很值得惊异。那时我甚至于淡淡地想:有所求的人,这便是我的使命感。

那一本有名的《我是猫》,是谁都知道的罢。我们的批评家马君看不上眼的那个夏什么的作家写的第一篇小说。《我是猫》是我大加青眼的文艺,当想写小说时,就无论如何,也想借此决定为《我似猫》。题目如此愉快地决定了,而内容却依旧一无所有。如果是株式会社的业务日志，我确有些把握。可是小说，实在是毫没有一些头绪。

我踱到近处的公园，仔仔细细地观察园里的猫。如何似猫？猫又如何思想？如果细心研究，似猫的“似”字到底是个什么东西？我跳进草丛中，战战兢兢地叫了一声“喵”。我看了看四近无人，试了试四足着地。然而无论如何也打不定如何写的主意。

藤野君是在上海的而我熟识的唯一的日本人。有一日，藤野君打电话给我，邀我同去喝酒。他带了一包日本名产的七福神脸孔的人形烧糕打算给我。藤野君在上海一个学校里教初等中学和高等中学的学生日本语。一星期前，他带上中国人的学生去了一趟日本国。途中，藤野君觉得这一路上观察学生们的反应实在有趣，见面之后便笑嘻嘻的讲给我听。那一日，我满脑都写着三个字是“我似猫”！因而对于藤野君的所见所闻全没有听下去。

不过藤野君的话里的一个青年人不知道因为什么格外留在了我的记忆上。当日深夜中，我独自坐在天山路与马当路的十字路交叉之处的面馆里，嘴上吸着酱油拉面眼睛望着窗外极静的夜空的时候，我想：这青年的事情能够当作小说来写也是说不定的……那一晚的蛾眉月冷而且美，只是因为可悬浮颗粒物而确有些模糊了。

我向藤野君说想请客道谢送我人形烧糕的事情，电话那头的藤野君惊喜得声音也似乎发抖了。藤野君知道我是极不情愿邀人的人，因而又惊又喜了罢。我不露痕迹地设法使藤野君又谈起前回去日本国旅行的话题，又随口的问了藤野君学校的情形和中学生和高中生中的流行。使人爱说话向来是我的特长，我又很愿意听人谈天。藤野君从衣袋里掏出携带电话，给我瞧了旅途中摄的写真。我伸出手指点着一个写真中的青年人，问："这一个就是那青年人罢？"藤野君到底可是没有说，只是眼睛里有些惊疑的神色看着我。

藤野君也终于觉察了，我失掉了往常的麻木似的镇静，很有兴致地耸起耳朵听他，于是对我说："不如走罢，一起到学校去看，怎样？我也将顺便回学校取一件忘记了的东西再回去住所。这饭馆离学校不远，步行去罢。"我十分快活的赞成了他的提议。

果然，这学校不算远，不几步就到了。淡蓝色的房屋里倒也现出整齐来，仅有一张圆的大桌摆在讲堂中央。壁上钉着富士山、新干线、舞伎、鲤鱼旗的写真。一株小竹子静静的在讲堂一角立着。学生们用日本语写就的愿望挂在小竹子的树枝梢上。无论男女，所寄的希望大都是日本语的进步或家族的康健，中学生和高中生里许多的“叛逆的猛士”写的东西自然也是有的。夹在里面的一片纸片，与其他很有些不同，纸片上写的文字似乎竟有些日本俳句的味道。无需向藤野君证实自己的预想，我想这文字大概就是那念念不忘的青年人写的罢。然而那文字的意味我也不很明白，只隐约觉得是看到过的，却已经想不出在什么地方了。

不几日，大约是猫神附了体，《我似猫》这个小说的文字，猛然间开始层出不穷了，这缘由我当然也无从推度。大概使这猫神萌生的是藤野君携带电话上映的那青年人的烁烁的眸子或讲堂里小竹子上挂的纸片的小诗罢！虽然我依然没有质问过读过这小说的马君是怎样的一个感想。

一

拉面还未到。一起要的锅贴终于已经过了“趁热吃”的赏味期限，三分之二塞在嘴里，咽下肚去，拉面却依然未到。我伸下筷子去软软地夹起下一个锅贴，沾了一点黑醋，先咬了一半，咬的太多是很不雅观的。然后我向厨房瞟了一眼，又只能一面摇头叹气，一面吃下就要流下肉汁的另一半。我的这些断断续续的举动，总而言之，是全都半自动的，半无意识的。锅贴于是就余下一个。

对面墙壁的画上是两个赤膊的似浓云一样大的白胖男人，互相捏住了对方的臂膊在相扑。画面极平，全没有立体的感觉。旁边一个裁判模样的手里举起团扇的男人，和几个神情木然的围观的男人，虽然穿着衣服，同半裸的两人却梳着相同的发型，头发光油油的背着，恰如二十世纪后半的首相一般。捏住臂膊的手的大拇指的方向颇不自然，与其余的四个手指一并朝向了一面。我用自己的左手试了试，倘若不切掉大拇指再粘上去便摆不成画上男人的手的样子。

一个身穿明晃晃的马甲的保安员呆站在玻璃窗外的驻车场的门口。我的正面停着韩国的现代自动车，那两旁是马刺大、保路宝、阿吾帝，还有日本国的偷油塔。对面还有本茨、别摸我和驾嘎。自动车的颜色，大抵是黑、白或银白。红或蓝的自动车似乎比较的少，瞥一眼却能够先看见，将来要是能够买一辆，这样的是很好的罢……

拉面仍旧不见到，我于是把头移到孤独的寂寞的冷的最后一个锅贴的正上方凝视着。盛着锅贴的盘子的形状是新月似的，我发见新月的正中画了泥鳅模样的花纹，泥鳅仿佛还摇动着身子。我决意看清楚那泥鳅的全身，便就夹起了最后的锅贴，将盘子转过向来看，才明白写的是日本文的好吃的意思的“五”（う）、“妈”（ま）、“姨”（い）三个字。三个字排的阵势有些七歪八斜，也不是不能读成“五”“姨”“妈”。这种情形，恐怕“五”“妈”“姨”是最为妥当的读法。

“五妈姨”。

……就像熟睡时被猛然惊醒,又仿佛一支箭搭在弦上正在瞄准我的心脏。或者倒也并没有那样锐利,而是一个既情理之所难容,亦法律之所不许的什么东西奇妙且巧滑地溜进了我的身子里面,溜到了最深处,仿佛是心脏,又不是心脏的地方,起波纹而加之荡漾了。连那心脏似的地方也随之摇动,使我的嘴不受控于脑而将说些什么了……

“五妈姨”。锅贴五妈姨。锅贴很是五妈姨。这饭馆的锅贴确是五妈姨。这饭馆的锅贴看起来非常之五妈姨。这饭馆的锅贴一定五妈姨之极。这饭馆的锅贴按道理一定五妈姨之极。这饭馆的锅贴一定全没有不五妈姨之极的道理……

能够想到的文句扩张了出去,真是如脱却了链子的没有终结的转轮……不知在何时,一碗拉面被放到了我的眼前。

脑里的日本语像摩尔斯电码一般时断时通地滴滴作响着,我吸了一口拉面。我把不多的胡椒和大蒜的粉末撒在拉面上,用筷子把两片叉烧中的那不成样子的一片完全压进汤汁里面,之后便连面一同夹起来放入嘴里。这一一的动作依旧半自动的进行的同时，我的较为清醒的另一半仿佛从背后一把抓住了自己的肩膀，使劲了平生的力气晃荡……

不对了！
如此接龙！
便毫无意味！

此时此地，我确是从身体的外面看到了“五妈姨”三个字，而说出这三个字的又的的确确是我的唇舌。言语的源泉究竟是何处哩？……若言语不应该是身体外面的，那便应该是自己身体里面的罢。言语到底应该是从自己身体里面发出来的啊呀！可自己身体怎么……

然而我的思想其实却比先前困难得多。日本人对自己有各样的称呼。“私”“仆”“自分”“俺”，还有“吾辈”，这五个是极容易想到的。“私”是成人后常常用到的。“仆”一般被用作小孩子的称呼，或者是以下对上的谦称自己。这于我来说是无需思索的，无论何人，大都承认爱己是一件应当的事，不会高高兴兴地扮演卑怯者。现在的我既未成年，又不是小孩子，总觉得这两个全都不大合适。大约“俺”是最为适于我这样的人，恰恰在中国，“俺”字是乡下人从来都使用的，我知道这和自己的身份有点抵触，便不打算再用。于是余下的便只有“自分”和“吾辈”这两个了。我在极长期的踌躇中想：“自分”写作“余”，“吾辈”写作“咱家”，到底“余”写起来从容一些，以后就用这个罢。

渐渐地冷静。余将该怎样？我自己也知道得不很清楚。可是这“余”究竟是我自己决定用的，况用了也不至于感到困难，于是决意将自己整个人暂且交付“余”。我要说的是，从此以后的一些时候，无论是我所看，或是我所想，甚至于在无意识中浮在我眼前的或时时记起的往事，都将用“余”这一语称呼自己，聊以慰藉在寂寞里长大的青年的我罢。

Φ　Φ

此时，余正是在苏州。从今年九月以来，余的学籍便列在苏州城的一个科技学院里了。母亲再三要余留在上海，而余却一味任意地只想离开。即使是水平低下的大学，也不能够离开上海，这便是人们的公意，然而余却恰恰违了这公意，便成了现代的中国人眼中失了位置的人。先前的高中的朋友，据说大半已经上了上海的学校了。另有几个往加拿大、豪州去留学。留学日本的打算早已朽烂了，那以后余便不再学习什么日本语。离开学还有两月左右。"倘使晚去几天的话，便租不到满足的屋了罢！"余借此拉了衣箱便离开了因万国博览会满眼是全身中热血沸腾的人们的上海了。

一到苏州车站，就看见许多陌生的人在陌生的站成群结队的等待出租车。余微微的叹息，只看了看天空，便拖着衣箱排在了末尾。毫未想到的是苏州的太阳竟也吐着毒焰。其间虽有过两个乞丐、三个黄牛、五个黑车的车夫，但都遭了我的谢绝。在太阳的火焰与毒之中，余等了约有一个点钟。

大学在苏州的西面，余只是姑且使车夫一路向西寻过去。跨过运河时，余看见不远处巨鳌般的吊车，车夫说那是寺院的改装工事。大概是太过于夸张，在余看来，或有些失了古韵，很像是主题公园了。看到不动产中介的看板以后余便下了车。带我寻住所的是一个二十出头的青年小哥儿，听不出口音，一问果然是徐州长大的人。颈上紧紧地系一根有青的黄的条纹的领带，这领带据说是公司之特色。小哥儿的看余的眼睛，总使人想起叭儿狗。但相貌是不很奸猾的，其实也是如此。姓阎。

去寻的第一处，余便决定是这里了。是住宅团地的一间古旧公寓，正门有保安员，团地中央的广场的对面散点着超级市场、洗衣店、烟酒商店、湖南料理店和兰州拉面馆。兰州拉面馆的店头站着一个青年，年纪与我相仿，或者更小，两眼在深眼眶里闪烁，余看出他是异于汉族的人。青年一手玩弄着携带电话，一手烤着羊肉的串烧。孜然的显著的气味引起了不少的食欲。青年身旁蹲着一个大黑猩猩一样的男人，正在用黑亮的铁壶清洗自己的拖下的山羊胡子。那大约是老板。广场的长椅上懒散而骄傲的堆着一个老头子，口袋里传出咿咿呀呀的评弹，大概是收音机年代久远的缘故，声音已经嘶哑了，但还是能够毫不客气地传到广场上所有的孩子的耳朵里去。屋子有些狭小，但似乎除此之外并没有不满足的地方。只见阳台上散落着竹子的鸟笼和暗灰色的陶瓷的蟋蟀盆，上面蒙了一层尘。前一个住户大概是相当执迷于斗蟋蟀的人罢。

当日余便住了进去，因而免去了旅店之苦。变身一室之主原来如此使人愉快,余跳上未铺被褥的木床,伸开两脚两手,在床中间摆成一个“大”字。实际的情形,前一晚没有如何睡,于是没有换衣服就不知不觉间睡熟了过去,梦中模模糊糊听到了自己的鼾声。

次日,余打算在近处溜溜。马路上有一家鸭肉店是格外的明显的店,商标是一个冷冷的微笑的鸭。十四五根暗红色的鸭脖摆在铝的大盘的上面。一排大盘呆呆的站在鸭脖的大盘的左右,里面是切得很是齐整的鸭的头、腿、翅、掌、舌、锁骨、肝、胗、肠,此部和彼部的物主是哪个鸭,已无从考究了。这样说来,物主究竟也早已经四分五裂,没有考究的意味了。只需忘掉完整的大物,将眼前的鸭的掌、鸭的舌、鸭的锁骨当作一个个纯粹的商品就足够了。

隔壁的水果店的架子的最上一层并排坐下来的是关帝爷和招财猫。猫似乎是电气式的,臂膊慢慢地上下抖动。猫的眼睛的漆已经全然剥落,原来是瞎了眼睛还要招财的。猫的身旁是满身棘刺的对于其余的水果有绝对的权力、威严和荣耀的榴莲果。仿佛他打一个哈欠,说一声“唉唉! 无聊!”上至猕猴桃,下至芭娜娜,都会手足无措一般。下面的架子上拥挤着许多:苹果、橘子、雪花梨、水蜜桃、柚子、西瓜、芒果、荔枝、龙眼、猕猴桃、火龙果。五颜六色的水果们发散出成熟的香味，每一种都使人舒服得如六月里喝了雪水。然而这些香味混在一处，加之满马路飞跑的卡车的废烟气，这说不清的味道又为了吸收了夏天火焰的太阳的沥青路面吐出的热风而来得更浓了，简直使人发了疯了。余由架子上面取了一个国产的蕾檬，深深的吸一口气，肩膀觉得轻松了不少，回复过往常的神情来。

一只小船从水果店旁的河边的垂柳下驶过，沿着灰且暗绿的河的岸边向这边摇来，一个老人和一个青年站在船上。老人橹着小船，青年双手握着长柄的网兜，捞着水面上浮着的化学的垃圾和水草屑。两人的脸都晒得红黑，如铁的烧到微红。

余径自向前走了走，来到了一个略大的百货店前，于是打算在这里将生活用品购求齐全。住所里原也有冷藏箱、洗濯机、饮水机和电视机等等电气用品，便只是买了被褥、枕、洗发香波、毛巾、垃圾箱、牙刷等。回到住所第一步当然是给人挂去电话来安装因特儿奈特。余并不用“揩油揩油”与陌生人闲谈，也无“伪博”。然而命不可变，生于数字年代的余们，没有因特儿奈特总感觉局促不安。凡是不明白的,什么都要质问度娘,这也可以算得一九九〇后的恶习了罢!然而余也有仔细的一面,例如余把鼠标就放到了数据猫的视线以外。短短两日,余已极惊奇而且佩服自己手段的细巧,从旁人看来,恐怕全不觉得这是余的单身迁居的第一回罢。

山不在高　有仙则灵
游不在远　何山则灵

次日,余仍旧去溜。经过大学继续向西迎面遇见了三座小山。一面是恰如一个狮子俯卧在那里的山如其名的狮子山,一面是吴王夫差埋葬其父阖闾的虎丘,其间竟还坐落一座小山,像是狮与虎之间的怯怯的兔子的裁判官了。

余盘旋着登上中间兔子似的小山丘。每经过一段间隔,鼠、牛、虎、兔、龙、蛇、马、羊、猿、雉、犬、猪的石像有秩序地出现,毫无声响地迎着来往的路人。

猪前面像是山顶了,在那里有一座特别的庙,外面围着昨日的蕾檬似的金黄色的墙。灰白色的沉重的云中间偶现日光，太阳还不能从云里面挣扎出来，连空气都疲乏且阴沉着。墙里面传来一丝低缓幽深的念经的声音。

平日里　想安全　教育孩　火不玩
扔烟头　不随便　引火种　不乱散
公场所　紧靠边　出门外　留心看
消防标　怎避患　遇情况　不慌乱
消防道　要道坦　消防车　关民安
见危害　人人管　生活中　火看严
火灾来　迅疏散　捂口鼻　贴地面
身着火　把滚翻　泼冷水　呼救援
消防经　要常念　牢记住　益非浅
抓防火　众参与　报平安　万家欢

余想说的是，这并非是庙里和尚念的经文，不过是庙前随随便便立着的“消防常识”。恰好也是上小学的时候校长一定要我们背过的东西。

余由侧门踏进院子，庙堂里几个神像，虽然是呆站着，也可以看出天真烂漫的神情来。旁有花坛，正是串儿红烂漫的时节，但整齐得颇有些不思议，望去确也像一串红辣椒。

余绕到庙前，顺着石阶向下去，竹林中现出一小片空地来。空地的这一头像是壮健体格的器械，只是处处绿锈斑斓，仿佛生了天花留下的痕迹。那一头是两个动物的牢笼，饲养员的老男人刚到笼子近旁，几匹猿猴便从岩石背后笑着嚷着跑出来食男人从网眼垂下的乌冬面样的食物。余下的笼子中是孔雀们。一对青年男女眉开眼笑地站在笼外，眼巴巴地等待它们开屏。器械上一个小孩子也没有。练太极拳的老年男人，下象棋的中年男人，随流行于乡镇间的欢喜的歌声跳有氧运动舞的大妈，随处可见的世乃太平的良民们在这里却失了踪影，比起别个的公园，真可谓安静极了，就连夏天鸣蝉的长吟也是闻不到的。预防沙石滚泼的白墙上面葺着黑的瓦，墙上隐约看见两年前在北京办那奥林匹克大会时用红的漆写的口号：

同一个世界　同一个梦想

在百静中，同是油漆画的熊猫模样的吉祥物夹着黑眼圈像是在愉快的跳舞了。

从包裹中摸出破旧而黯淡的野球手套，父亲持续的用了许多年的，余套在了手上。不知不觉中，手套中塞满余已经变大的手，没有一毫米的间隙了。余对“同”字中间的口瞄准了，大拇指、第二指和第三指捏着野球，喊了一声“着！”便一下子抛过去。球离口字向上偏离一米还多，掷在墙上反拨回过来，余慌忙手心朝上手背贴地尽力的去捕球，那球却快得如猹一般，反从余的胯下逃走了。

那时每年夏休，余便跟了余的母亲去父亲的故乡——日本国。一定要和父亲玩耍的就是投野球和接野球。待上了小学校的高学年的时候，余的日本语是将要忘记完了。因而父亲与余连谈话也逐渐地减少。之后父亲一望见余的脸，就说一句“骏，去玩吧”，然后抱起两个野球手套带了我去近处的公园。父亲向来对任何事都是毫不介意的，是颇有豁达闳大之风的男人。父亲体格肥胖，圆脸就像弥勒佛一样。可他抛的球又和身体不一致，太巧妙了，游隼似的直飞到我的手套中，余的接球的手便在手套中麻而且痛了。父亲与母亲年纪相差很大，余小学校的高学年时，父亲应该已经是五十岁上下的时候了。

即使不倚仗言语，心意大抵是相通的。父亲教给余的投接野球的两条秘诀却是自相矛盾的。第一条是投球一定要投到对面的人的胸前，投向对面的人的身体的正中心，同时要想象自己变为他将要接球。第二条是要息了杂念，平心静气地抛。我究竟未能够先行理解父亲所说的意味，然而投球的技术却日日见佳了。

似乎想要追想起那时的情景来，余只是反复地投球。可惜的是对面已经不是父亲，而是死的墙。倘若我投了好的球，回来也是好的，反之亦是如此。投与接之间只有无机的连接，余心里说不出的奇怪。

今日野球仍往复，
只是对面少一人。

次日，次日的次日，余全都登上螺旋形状的阶，来到这里投球，余反而完完全全被这单调的动作所迷。脱掉手套的时候，冷冰冰的许多汗渗进手套中，和皮革隐然混在一处，微酸但淳厚的气味就扑鼻了。在同一瞬间，余仿佛来往于此时此世与彼时彼世之间了。

余每日投野球到黄昏将近，然后来到团地里的兰州拉面馆，就在摇摇当当的椅子上坐下，要一大碗拉面，吃面，回屋。日复一日，这样的生活没有颜色，没有声音，也没有厌倦和不安，但也因为没有特别的事情要做。而那青年则永远沉浸于玩弄携带电话的极致的大欢喜中，余也已经知道了他的来电的曲子是披头四的《一个艰难的日子的夜》。

连续投了十日，投出十回，便足可中八九回了。“马到成功”似乎在这里也难用，余确是明白了这件事情是需要多些时候练习才有意味的。对于我的投野球，似乎还有不免于好奇的人们。偶一回头，两旁是几个张着嘴的看客的时候也是有的。太平无事，闲人很多。不过好奇也难怪的，野球到底不多见。

说起野球比赛，余也曾去观过一回。并非职业的比赛，而是父亲和朋友们的野球游戏，叫做草野球。余究竟没有明白野球的许多规矩，光是记得无聊之极的感想和父亲是扇子形守备阵型的中心的接手。余尚无参加比赛的经验，连野球棒也都没有挥过。父亲最喜欢活跃于美国的日本人野球名选手一朗，曾经常常对我说起一朗怎样的堂皇，仿佛说他自己一样。

有一日，余一不小心，野球跑进了蓬草丛中。余正要去寻，就听到草丛中一种窸窸窣窣的响。余觉得奇怪，便凑近去看，原来是有一条猫在那里，三色的大花猫，大约是没有主人的。值得惊异的是，这三色猫嘴上咬着余的球踱了出来。嘴张那样大，下巴却并未脱臼，委实令人赞叹了。可那球被牙咬着却总是不舒服的，不一忽，就知道时机将到，“啪”的一声从三色猫的嘴上落到地下。然而刚一及地，猫就闪电般从腰间伸出手来一个卓球扣杀，余仿佛看到了福原爱。中心到表面的每个点距离全都相等的球所有的天性只是滚，被扣杀的球滚得更加发狂了。

猫却大吃一惊，直跳起来。多半是因为球与平日的石块压根儿就是不同的罢。猫究竟是敏感物，对敏捷的物件的热烈之情的世间无二是谁都知道的。这猫立起毛，浑身一抖，摆足了起跑的姿势后便激箭似的冲向它的球敌。命运使三色猫与野球相遇且追逐的时间也格外长，而我接着便有参观的命运了，这于我也是很乐意的。

余在上海上的学堂是初等学校与高等学校一贯制的，

日本语的功课是每日必有的。小学高学年的时候，日本语确是一句也不记得了。父亲和母亲大概不能不抱着缺憾之感，于是寻到这学校并将我放之于内的罢。幸而和我一路的混血儿，学堂里尚有数人。一总转了半年，余终于能够用日本语说些日常会话了。我先是住在日本国的，到了五岁便离开了，日常会话到底也还用过。然而五岁小孩子的日本语，毕竟也不过如此。起初的日本语不过是回想起来而已，之后教科书上本来就不了解的新的言辞愈加多了，余便开始苦闷了。加上小孩子的话语的残存轻易是不能消灭的，大人应该在语句最后使用的，将尊重表示给人的“爹死”和“妈死”却总是忘记，每每将错误的句子说出口来，便遭到先生的训斥。就算如此，相较他人的辛苦，余的心地反而轻松一些。日本语学习者感到万分的困难的应当是“哇”与“嘎”的分别罢，这两个又委实少不得。余虽不能够讲得详细，但用起这两个来，却并无苦痛。总之，余的日本语的成绩并不算坏。

中学的时候有一门功课是叫做“俳句”的。先生说要做俳句，写出“瓦逼”和“撒逼”的事情是顶重要的，“瓦逼”是朴素且闲寂，“撒逼”是古雅且有情趣。又说俳句这种短诗是日本诗歌的一种特有形式,由排列成三行的五、七、五共十七个音节组成。余浸在沉思里:朴素、苍老且有味道的么?中学生的眼前忽地浮出外公的身形。倘使只看朴素和苍老的话,外公的当选是毫无容喙的。只是味道这一点还有待商榷。要说味道,恐怕只有大白兔奶糖是可以收入《无双谱》的。中学生的《无双谱》向来不需要掩饰。快乐分享,大白兔!于是,余的俳句诞生了:

外公忍不住
手心里藏着两颗
奶油大白兔

那时外公总是脸上带着微笑的给余这奶糖呵!余生了蛀牙的时候,"这可只能怪您,还不是竟见您给骏骏糖果!"母亲和父亲都对外公谴责的说。那以后,外公还是照旧在刻着许多皱纹的手的掌心中藏着大白兔,背着母亲且不求回报的贿赂于余。而余背着母亲含在嘴里的奶糖不知怎的格外香甜。盖出于这经验,余后来明白,极少的一部分的需要掩饰且独享快乐的干部的心情也大抵如此罢。

这句是余创作的第一号俳句。用日本语写起来文字数竟多了,但幸有一条规矩是字数可以多。这真是一条好规矩,很使人生好感。先生还说余的俳句多了受中国语影响的汉语词,少了表现季节的季语。

余对先生的批评置而不顾,倒反觉得余的文体一无挂碍,少了季语,以吾天朝之语代之,不是自在得很么?于是,余取咖啡的“啡”字,将这一新文体名之曰“啡句”,既使人想到本源的“俳句”,又有余们不随主流上下的魄力,斯文体之出,诚吾中华文坛之幸也!余成立啡句推进委员会,第一步当然是出杂志,又因日本国明治年间名俳人正冈子规之名而名之曰《子规》。课间的时候,余积极募集委员。然而余失望了,苦恼了,呻吟了,委员会每每只有委员长一人出席实在是有失体统的。余只是愿意独自一味地走自己的路的习惯,大概也是从那时开始的罢。

中国语	日本语
原野大海大天空	のばら　うなばら　あまのはら
棉服火口吾妻祠	どてら　かるでら　あずまでら
游击烈酒废墟处	げりら　てきいら　やけのはら

水螅下岗空肚子　ひとら　りすとら　すきつぱら
空手炸物芝麻油　てぶら　てんぷら　ごまあぶら
花斑曼陀大傻子　まだら　まんだら　あほんだら
马鲛麦秆琉璃瓦　さわら　むぎわら　るりがわら
樱花花瓣虚拟词　さくら　はなびら　はなもげら

这非日本国文部科学省检阅过的小学校一年生的国语教科书上的童谣,也非中华人民共和国教育部组织编写的语文教材上的七律。这根本就不是诗歌。每一词全都游离如浮萍,互不相干。有人或者要问:竟什么都不是么?余可以回答:是余独创的类似接龙和打油诗的结合的双层拼图文字游艺。第一层的每一块拼图都和第二层的某一块有关联,这关联便是日本语的发音,然而关联着的一对的形状又不相同,因而第一层的拼在这里,第二层的却又未必。这游艺是读书读得要枯燥而死的时候,偷偷的打开电子词典,费了很多力与精神完成的作品。对了,余之所以不用纸的词典的原因:没有跳查,是极不便利的。

说起日本语来,这东西委实是怪胎。无论是中国语、英吉利语、法兰西语，还是阿剌伯语，单只有一样文字。这样用三种文字的日本语的欢喜，究竟是在哪里呢？抓破了头还是想不通。余还算长于汉字，如果余能够，余很希望全用汉字说写日本语，但好像不大能够敷衍过去。有人说单用平假名是可以的，余觉得浅近直截，少了些许深意，连用的人头脑也未免变得简单。因此，于余最稳妥的办法是混用汉字和平假名这两个。

单如此，倒也罢了。虽然多少有些繁琐，两个互相融合、补充，这情形尚不失美感。可恨可憎的是那片假名。余实想对片假名含泪哀求：

“你改悔罢！不要再在日本语里面捣乱了啊！”

有了汉字与平假名，这世间已经将要太平，而片假名却偏要跳出来扰乱和平谈判。正如美军的介入，是绝不能够允许的。他们急于废除日本字，给日本人安装最新版本的亚美利加的片假名外来语。要求废除日本文、提倡美话的阔人、学者和教育家们，你们赶紧跑到美丽、幽雅、有趣，有许多美的人和美的事的国度去罢！余可是从心底祷祈汉字与平假名能够全面推进战略互惠关系的，只有这样才能尽早实现构建和谐的新型日本语的美好夙愿。外来语的根源，全在帝国大学的研究室里的那些该死的学者们，一刻不停地排出乱毵毵的片假名。余还记得有一天父亲给我买来生日礼物的地球仪，除去日本、中华人民共和国、大韩民国、朝鲜民主主义人民共和国这四个国家，用汉字表记的国家是一个也没有了，这是怎样的可以惊异的事呵！余从没有那么对日本语失望的时候了。原因是那以前片假名从未进入过余脑里面的词典。如果有侥幸进入的，多半也存在脑后的皮层里了罢。余实在从头到脚跟都身不由己地拒绝片假名。余很想发一声呐喊：废止日本语片假名！这样便可使东京彻底消除交通拥堵，使杂交的日本语也能多少便利了。

高等学校一年级的时候，一个叫做藤木的日本人的先生在学堂给我们读了日本的小说《哥儿》。先生说这小说是日本国最为明白易解且众所周知的作品。但先生错了，余的同窗们连小说的一半也未懂就硬着头皮参加紧随其后的日常的小测验了。然而余愈听，愈是有一种吊诡的感觉。仿佛余身体里有个物体如蛙的喉咙一般同这小说的起伏一同荡漾了。讲堂中先生读过的只是短短的一章，于是余请先生将原书借于余，从此不论身处家中、公园，还是麦库当那劳德，都热心地使劲读了起来。余也不甚明白这小说究竟如何有趣，总之为这书所吸引，甚而至于居然忘却自己了。

自从读了这一本《哥儿》以来，余便不由想叫教英文的米斯特·李为“面瓜”。其后经过仔细观察与耐心思考，不单窝囊的英语踢撒儿“面瓜”，余竟然在学校的先生中接连发现了优柔寡断的校长“狸猫”、阴险狡猾的学校二把手“红衬衫”、二把手的走狗绘画先生“屁虫”和强正义感的数学主任“豪猪”等等《哥儿》里面的人物了！只不过余的学堂里，“屁虫”是校长先生，“红衬衫”是书记大人，“豪猪”是勉强算得上的教物理的赵先生，“狸猫”是食堂的掌柜。他们并非隐藏在了何处，而是原先就正正经经地在余们眼前，没能看破，是余等之过。又有哪个呆鸟会承认自己是“红衬衫”呢？

渐渐地，余也想给人起聪明睿智的外号且深思种种了。第一要紧的自然是灵感。秃头的先生是“鸡蛋”，胖而流着油汗的不好惹的是“猪八戒”，这样子就太过于缺少研究的精神了。余追求的是高雅与滑稽的兼具。

女蛙、北京圆人、禽始皇、猪葛亮、郑失败……

不消说，自那时开始历史课显然变得愉快了。因着这个缘故，身为中日混血儿，有一半的余无论遭受教材的、先生的、同窗的怎样的孽风和毒焰，都没有缺席一回课，因此将余称赞一通也不为过的罢。

同窗小友中有一个两耳略尖的男奇人名叫夏芙佳，女人似的走路且扭得很不好，动作总给与我极大的烦腻。一有些小风波，伊便从嘴里发出一种警笛之类似的尖利的怪声突然大叫起来。伊母亲怀孕时，据B超检查的结论说是女孩子，于是同伊的父亲以迅雷不及掩耳之手段起了这女人用的名字，还日日对着肚子里的胎儿谈话，早早开始了公主教育。待到终于明白伊是男人的时候，已经是出生过了一星期以后的事情了。所以说，伊的父母连同那医院都很使人肃然起敬。据传闻，伊的父母发见女儿该凹的地方是凸的，便慌忙去问医者，才相信这原本不合事实的事实为一定了。幸而今日的伊足以证明了伊的父母的公主早教的成功，也不算得一件坏事了。更可喜的是伊的生日确是三月八日。

伊是雷帝·嘎嘎的粉丝，尽拿来给余看伊的携带电话

上嘎嘎的映像。伊还模仿嘎嘎曾戴的古怪的米奇鼠形状的太阳镜拟了一副戴在圆脸上问余合适不合适。不知何故，伊不问余有心与无心，自单单将余当作伊的大亲友，时时将伊的肥白的手置于余的胳膊或膝盖上，旁人看来，惟独余与伊最为稔熟，也最为亲密。于是女学生们称余与伊是好的基友，真真叫人心烦。平日里余并非对伊深恶而痛绝之，但有一回嘎嘎嘎嘎不停地只是号，“呔！住口！你这八嘎鸭娘！”讲堂里久久回荡着余呐喊的巨响，震得人耳朵喤喤的叫。后来这绰号便即传遍了全校，人人都喊伊“鸭娘”了。

离开人间之后成为余等男学生中的男的神的迈克尔·假裤松的月球漫步很是流行。那时，先生授业时也能听见讲堂里此起彼伏的仿那假裤松演唱时特有的“呃呃”的尖声。

在某女学生的要求的呼声之中，余们还随藤木先生在授业中学唱了麒麟牌“午后の红茶”的广告歌，那是叫做“银狐犬”的日本国乐队的《鲁滨逊》的歌曲。那歌词至今还能记得，比如“在新的时节里思想无故苦闷的每日/乘着二轮车在河边小道追赶着飞跑的伊”“在极大的力量下飘在空中/噜啦啦驾着宇宙的风”。

许多回的唱了以后,其实并不解这唱词,先生的解释也是如此支离。

“这歌听来,一定不寻常,定是失恋后的跟踪狂的歌。”一个梳着中分戴眼镜的男学生说。

“欧·凯,私认为是神汉的歌爹死。”一个不梳中分戴眼镜的男学生说。

“不过我们要想想咱们的特蕾莎·邓和菲·王唱的《但愿人长久》。”别一个不梳中分戴眼镜的女学生道。

“阿Q觉得自己的大拇指和第二指有点古怪:仿佛比平常滑腻些。不知道是小尼姑的脸上有一点滑腻的东西粘在他指上,还是他的指头在小尼姑脸上磨得滑腻了?”学习委员满脸得意地边背书边说道:“阿Q之飘飘然,正与噜啦啦相同!”

男女学生纷纷议论的结果:这词是某人基于生着神经病的患者或是醉醺醺的在空中蹒跚的酒精中毒者的胡话用口述文学的法子写的玩意儿。

这有力的结论一出,男女学生都纷纷不住地点头。

众人正在连声感叹的时候,一个头发始终烫得蓬蓬松松像一个麻雀窠的戴眼镜的男学生问先生:“这鲁滨逊究竟是何物?”先生先是沉默了一会,继而回答道:“这恐怕是洋人的名字。”先生的话一出口,便即引得男女学生哄笑起来,学堂内外充满了快活的空气。那一天以来,“鲁滨逊”成为了学堂的“公骂”。男学生大多正在变声期,全都哑了喉咙,余也在内,因而最为关键的“噜啦啦”是无论如何不能够唱出的。但全体齐唱不解意味的歌还是畅快且达到淋漓了。

其后有一回,先生仿佛打算重新讲一回唱词以消除男女学生对意思的误会,但终于还是没有使大家恍然大悟。学堂里的同窗都在先生的背后呼他“踢爱慕帝”,这也是余的作品。先生的全名是叫做藤木大,“踢爱慕帝”不单单是“藤木大”这三个字的首写字母,且是国骂“他妈的”的首写。余已经记不得何时向哪个说起过,不觉间学堂里已经流行“踢爱慕帝”这雅号,每当想起当时的情形,便使余感觉真是对不起先生的很。

那时余和父亲也还可以用日本语谈些平常的话,可是余在父亲面前的时候,连看看他也害羞。加上余正在知春期,于是总不大愿意开一开口。还有日本语,愈学愈觉得记忆上的本就模糊的日本国离余愈加远了,大概也是因为那时的余的思绪有些凌乱罢。

有一日,余忽在无意之中看到父亲的书架上的一本日本文的书。可惜忘记了是在哪里看过的,总之是先前知道的著者的名字。书名叫作《我是猫》。余翻着那书的时候,毫不知道父亲来到余的后面。"想要就拿去罢。"他说道。仿佛记得那时是高一的夏休,快要高二的时候了。余只记得那年花火大会三个人一同去河边游玩的事情。然而从那一回以后,余到现在终于没有再见他。

读完《我是猫》这一部书已经是半年之后的事情了。读完意思也不很明白,于是决计重新读。这条猫也许说了些了不得的事情!读的回数愈多,这考虑愈加强烈了,读完第五回的时候,就成为余的确信了。余悟出自己的心思之所以跟不上作品的原因了:旁白的这条猫的思想太高尚了,所以余的脑筋竟完全没有跟上。甚而至于余还感到一种异样的感觉,每读完一回都觉得自己的脾气愈加古怪了。这条猫仿佛把不讲道理的世间很看得清楚,甚至于让余觉得可怕了。这是怎么样的可以惊异的事实啊!神明竟在地球上生成了这样的生命体,余以为他实在将这条猫造得太有识见了,脑里造得太透彻了。不!这条猫或者竟会有千里眼和顺风耳之类也说不定。为什么呢?不单主人和他奇妙的客人们,连对面小巷的宅子里的事情,什么都知道得清清楚楚。

对对!或者猫也就是一种所谓神明罢。大抵神明的非化身即分身罢。因为这考虑一直在余的脑里,所以,在公园遇到那条三色大花猫的时候,余一面想它很有些愚,一面又感到它对于余几乎是神明般的一种威压,需仰视才安心些。

第二日,余估量了大花猫要来的时候,到公园里四处拨开草叶找。叫它“大花”仿佛有些不恭敬,于是余便决意称它“大先生”。不知怎么的,这称呼很能够使我舒适。

看见大先生不知从哪里懒洋洋的踱出来的时候,大约过了一个点钟。地上有走路的人嗑的瓜子之类的东西的壳,大先生仿佛生怕“久而不闻其香”,使尽了平生的力气舔着。舔累了之后,就又屁股一歪坐在地上,懒懒的打了一个大呵欠。然后回转身,用后脚毕毕剥剥的掸了掸耳朵后面,不知是虱子是跳蚤,掸完便又接着睡。不一会,大先生慢慢的站起身远望前面，尽目力定睛凝视着，但终于没有新的发见。于是便又找了一片树荫，同潮虫一样团成一团继续睡了。究竟大先生做梦变了蝴蝶没有呢？

余跟在大先生后面，同时也总是觉得有一件大先生以外的东西，仿佛不是动物也不是人似的东西，静静的跟着。那东西的眼睛也注视着走在前面的大先生，同余差不多。但余却并不感到怎样的被监视，独觉得余的行动都在那东西的掌管之中了。

公园不宽阔的草地上，三四个胖孩子快活的踢着一个小小的球玩耍。那确是余带来的野球。

这之后，余便停了投野球，只一心追着大先生的踪影了。但余与先生向来倒也并不扳谈，也不寒暄。大先生的态度却依然是冷漠的镇静。即使有看起来文明些的猫，来到大先生的跟前，把尾巴朝左一卷，正式的行着猫界的礼，大先生仍然同平常一样的全没有那些所谓的礼数。大约大先生以为君子猫之交也应当淡如水的罢。“从网”与“非死不可”等回复之苦，自然更是无从说起的了。总之，大先生一向是到了一定时候便超然的来又超然的走的。

石墙上沿的小路的散步是大先生极喜爱的。全身的毛随风摇曳,太阳对着大先生注下金色的光波来,就在先生身上映出火的光晕。时而洞察墙下凡间的一切,时而又悠悠然信步前行,时而随便,时而峻急。释迦牟尼佛显灵,也不过如眼前的大先生了。细细想来三色的大先生走在本没有路的路上,缓缓地分开草丛与茂密的梢叶,不正是仿佛深谙“道可道,非常道”的白发、黄袍、青牛的老子吗?所过之处,泥泞中尚可生梅花的神迹,上帝也会自叹不如跑来看罢。非超越生死,解脱是非,或为凡事所惑,遇阻则止,心无余裕者,怎能如大先生乎?! 况大先生不畏强权,日日于革命英烈纪念碑后纵粪于陵,如奉上温热的供品一般。

还听得有人说——“十二生肖中怎能无猫? 决定的人都是昏蛋……”但倘使要我说句真心话,我可只得说:这样说的人简直是八加之嘎。传说十二生肖的座次是按旧历的新年的早晨给黄帝拜年的顺序排的秩序。猫又怎会加入这畜生们自甘庸俗的竞争,况猫以外的动物才归于畜生类。因而猫的后裔为了祖先不屑入生肖而骄豪着哩。

但这件事情须得细细咀嚼且消化。余是这样想的:猫族自始至终乃是神族的一支流。这或也并不准确,应当说猫族是半神半兽的种族才对,因而能够极容易想象级别高出一等的猫族的名字没有出现在两院的十二生肖决议草案上的缘由。猫族并非未能够进入前十二个的落伍者——那简直是一定的。倘若猫族先前加入了生肖,无兽敢争第一是自不消说的。就现状而言,人族认可的第一位自然是老鼠。然而猫族天生便是老鼠的屠伯,遇见猫的鼠,除却绝望惊恐,大概是已经没有第二步办法的了。想到这里,大约有淡淡的哀愁来袭击人族的心,似乎有些同情排在第一的老鼠了罢。余也并非到如今硬要使猫族去做第一生肖,无论如何,也还是卑劣的事。须得老鼠坐了牛的位子,牛坐了老虎的位子,如此一个一个陆续往后坐。但因为古代传来而至今还在的十二为一周期,也还是不要胡闹的好,否则动物们中焦不通,消化不良,如何是好?这只能全归旧习惯旧想法负责,生物学的真理决不能妄任其咎。恐怕人族的占卜界和经济界也都因为周期变化而一同闹出乱子来证实余的预想。总而言之,为了猫族的荣誉和猫的外族的太平,余只得暂且改做勉强的结论:猫族可以不做第一去做第十三,但猫族不是真正的第十三,是暗地里谦逊的第一。这结论尚且不能使我完全的心满意足。

一切人族中,就只有一人可以跟大先生比较的相亲近,那便是照顾猴子和孔雀的饲养员的老男人。大先生每每在老男人面前失了警觉,尽情玩耍。平日里的孤高、严威、冷僻全都如屋上的雪遇到太阳似的消化得踪影全无,只剩下小小的卡哇伊的哈喽先僧。余初次看见这情形,很有些欣羡,或者竟是如饮了陈醋或胸中揣了烤年糕般地嫉妒了。老男人半倚长凳抚猫项,对天轻吹廉价烟,多么超脱……余于是有些诧异:怎么?莫非真的是身着饲养员制服的大神,不是人吗?不时的觉得跟着余与大先生的那古怪的存在,难道是这大神的神影?但我未确信我的感觉并没有错。

然而余顾不得这些事,一日,余总算得到一个时机,与大先生相接近了!那日,余独自坐在公园的长椅上,正将便利店买的牛肉干撕开塞在嘴里嚼。余忽而听到耳朵边就有唧咕唧咕的声响,回头看时,紧挨余身后,大先生正在用明净且灼灼的眸子盯着余。余不愿看见先生心底的眼泪,不要他为我悲哀,于是姑且装作一心只在吃牛肉干,而没有发见先生的驾临。余吃完最后一根肉丝,从口袋中摸出涕休来擦余油光光发亮的手，接着又装作目无所见地回头去看，大先生却不合则隐了。余有些凄伤，惘然地回身，却发见大先生已经无声无臭地端坐在余的身旁了。这样说来，余与大先生的距离之近，仿佛这是第一遭了。余看见先生右肩上有个漩涡状的旋毛，似乎是一种神秘的标记或是火的影。余的脸全不在先生的眼神里，先生只淡淡地盯着余的握着刚刚擦过牛油的涕休的手。余于是恭敬地将涕休向先生的鼻尖前献上。先生使鼻孔膨胀、收缩，又膨胀，又收缩……终于还是从上到下地狠狠舔了余的手两三回。此时先生仿佛骤然吃了一惊，抬起脸来向着空中的一点定睛凝视又凝视。余也赶忙抬头看那方向，却只看到透明。大约先生是在端详着"空"。之后先生显出猫之初性本善的哲学的脸，不屑地打了个海阔天空的呵欠，便在长椅上蜷圆了身子。余得以接近先生或是算得与先生交相爱、交相恭，那是最初一回，也是最后一回。

一条小石阶隐在公园的小山上的蓬草丛中，余循着大先生的脚步分开杂草沿着石阶也曾走下去过。阶上很是滑溜，余几次险些坠在地面的青苔上。下有一池，色如碧绿的青汁，好像母亲常常从日货超市购来的羽衣甘蓝等榨的保健水儿。池畔看板上书着“戏鹤池”。池子仿佛在此处沉沉睡去了百年,使余的心也沉静。然而又觉得河底散发出古韵,似乎蛟龙或沙和尚或河童就藏身池中。四周的草木格外显得很苍翠。仔细看来,无数的水黾浮在水面上一面划着复杂的几何图形,一面追逐玩耍。

细细轻划线
嬉闹追逐水天间
古池苦难言

水黾画出一个一个的圆圈,仿佛水面上的发生电波的数据猫。大先生正在池畔临渊而立,两眼向对岸望着。先生瞪着的眼睛的视线正对着一条中等身材的虎脸的猫。虎脸镇静地缓缓迈步接近先生。是威压,还是搭讪?这情形余全不明白。如此说来,先生究竟是书生还是女史,余还未来得及研究。

距离先生一丈远的地方,虎脸猫停了脚步。这回便轮到先生画着弧线渐近虎脸猫了。于是虎脸尽量的睁大了细眼睛瞪着看先生。水黾依旧在灰绿黯淡的池面上划着圈,只是多出两个对立着的影,然而也不拥抱,也不杀戮,而且也不见有拥抱或杀戮之意。顷刻间,先生一脚迈进虎脸的设防的区域里来。虎脸的眼睛略为张大了,闪出一丝游移的光。再细看,虎脸猫像喝了青岛鼻儿一样减了威风,眼珠有些白而且硬了。先生并未放缓猫步,一直来到虎脸的鼻子跟前,然后仿佛遇到什么障害物似的忽地向右一转舵,依旧缓缓地经过眼光呆滞、面肌固定的虎脸身旁,向前轻捷地跳上了石阶。虎脸留在原地点,瞪着眼仰视着先生愈发高大的后影终于消失在石阶的拐角处,接着没有经历过什么一样飞也似的跑进繁密的杂草中,消失了。

二

余来到苏州已经二十多日,上海的母亲挂来电话。母亲说五日前就开始打给余,到今日才终于能够通话。似乎电波很难进入这寓所,携带电话上的几根黑线也只剩下一根。余的携带电话是苹果的爱富翁,大概因为是上了锁的,购入时价钱是极便宜的。电话店的老板说还有一条,就是没了电气便永不能再用。因而余不用的时候,便将它置于屋子里的角落上充电。余的心也曾充满疑惑:难道真如市上所说,竟遇到了山寨王,而非正规军了么?余却就转念道,倘使确认了这携带是山寨,大抵也没人给换为正规,便再也不放在心上了。

“毛细毛细,怎么样?……过得还好么?……都还吃的来么？……”

“嗯。”

“你呀，须得去一趟日本国哩。”

“纳尼？”

“签证的事情……”

“几时？”

“到下星期以前……还有呀，妈妈忘记换新的护照，赶不上同你去了……所以呀，你一个人去罢……”

“雅蠛蝶！”

“不行不行，那可是规矩呀。”

“没听过！”

“也没有别的法子想呀……你呀，也不是小孩子啦……”

“无语！”

“还能够到喜欢的地方去一转。”

“不明白啊！”

“什么不明白？”

“日本国，全不明白呀！”

“姑且这么办，你先回家来罢。”

与母亲谈话，余实在懒惰。叫我去日本国？况且，单是我一个？啊呀呀，这真是麻烦。

来到苏州以后，衣箱一直到现在都张开了嘴放在地板上兼做衣柜。余从衣箱里面取出一件一件的衣物来，掏空衣箱，进而着手于准备回家的行李。须带些什么？余在屋子里一面来回的踱，一面四下看着。地板很有些脏，墙壁也渍痕斑驳，余便又打扫各处。打扫阳台的时候，弄得满屋烟尘斗乱，仿佛发起了沙尘暴。余洗净弃在尘芥堆中的蟋蟀盆，贴在耳旁，照例并没有听到什么。余终于打扫终了且收拾完毕的时候，竟已经离天明并不辽远了。余这时候已经全没有睡意，于是淋浴，出门。离开屋子时，余统统关掉了电灯，房间沉没在黑暗里了，黑暗又仿佛会吞并我，使我彷徨，幸而黑暗的深处中，数据猫的两个指示灯还如夜的猫的眼睛一样闪烁着无心的光。

Φ　Φ

传闻万国博览会的看客人数恐怕难以达到当初的计划，然而穿梭于这座摩登城的人们依旧大抵昂着头，迈着得意洋洋的脚步。余的上海的家是比较的幽静的一个所在，门前的马路上遗着几处老的洋风的建筑。马路上最高的便是余家的公寓，十三层，余的母亲和外祖父、外祖母三个人住在六层。因为第四层是没有的，余家实际上是第五层。外祖父母青年的时候从故乡的宁波迁居来到上海，他们三个人时时操起宁波的话谈话，余是连一半也听不明白。

余家门前的马路两旁的起伏着突起的树干，仿佛是踊跃的铜的兽脊似的。枝叶伸向马路的上空，就要与对面的枝叶相触了。本来天空就已渐渐的狭小，缝隙里又嵌着数十根黑的电线，站在马路向上看，只能够看见几丝灰蓝的光明。

高高枝叶盛
刺向同伴与天空
法国碧梧桐

家的玄关有简易的鞋柜和放伞的长筒。余午前回到了家，便发见长筒里插着的几支破伞之中有一根怪模怪样的拄杖夹杂在内。余离开家的时候，这玩意儿是不应该有的。手柄是雕了张大了厚嘴唇的蛇或蛙的很圆的头，无论如何看，都是素人的作品。

母亲仍然一个人在厨房准备着午饭。“你外公提着他的老伙伴绣眼去公园散步，外婆去聚会上谈天了。”母亲说，“还有，房间里有客人来了。”余打开门，于是就看见住在十层的朴泽男正倚在余的床上玩着携带电话的罗刹方块，肥白的大腿间还随意夹着低糖的龙井绿茶的塑料瓶子。

泽男是余小学的时候的同窗，故乡吉林的朝鲜族人，他的父亲与母亲能够说汉语跟韩语。泽男便是所谓动漫迷也者，别人全不叫他朴泽男，只替他取了一个绰号，叫做“朴宅男”。泽男总有一种理想，一种希望。虽然漫画与动画高下不同，各有所长，且现在的世界上也两样都多得很，但泽男立志极高，梦想识尽天下的动漫，在将来的动漫的黄金世界里当皇帝，坐龙庭。但“皇帝”未免太古，据时下的说法，就是“御宅教主”。日本的事情、日本语的学习，泽男全盘倚仗动漫，听日本语的本领其实全不逊让于余。余看动画，比较的索然无味，仅存有限的见识：《乱马二分之一》《亨特×亨特》《数码宝贝》《台尼斯王子》《喜羊羊》。似乎《喜羊羊》并非日本国的……倘若是日本国的动画，背一百部，于泽男是极轻松简洁的事。泽男下了绝大的决心，常常说自己是活在动漫二次元的世界中的男人，同三次元的世界不两立。照这样说，《奥特曼》和《假面骑士》大概是不属于他的“域”的。从“宅”们看来，“域”的概念确是执掌他们生死大事的罢，大约。三次元，毋宁死！总之是有一种规则，但余很不明白，倘若有闲，则与其看动画，实在远不如玩玩电脑或围棋。余同泽男喜好趣味这样不同，却颇有些“兄弟怡怡”，叫旁人看了也觉得五体投地。仿佛泽男近来很痴迷于叫做《东方系列》的同人游艺，然而余到现在也还没有弄明白同人是何物。

三个人一同喊罢“姨她大开麻四”，就开动了。余还期待着新的料理到来，无名的，意外的。然而是青椒土豆丝的炒物、带鱼的酱油煮物、黄瓜木耳的拌物、番茄鸡蛋的汤物，余家的家庭料理一向是这些。

“苏州怎样爹死嘎？”

“纳尼都无，一般。”

“园林去了爹死嘎？”

“没去。”

“嗖嘎。”

……

“前几日撒,偶去看了水木一郎。”

“水木纳尼?”

“哎哎!跟你提起过!唱《魔神贼》呀《宇宙海贼船长哈洛克》呀的尼桑!”

“呵呵嗯。”

“前几天不是开了动画音乐祭了么。”

“嗖嘎。”

“哎哎!跟你提起过!”

“嗖嘎?”

“过分爹死!”

“接着呢?”

“红豆泥太好!”

“呵嗯。”

“泽男君也看见了《洗手间小魔仙》罢?”母亲一面给泽男回碗,一面插了一句嘴。

“纳尼?!神马东西?!”

“好像来到了。”

“来到哪里……?”

“万国会。”

“从哪里……?”

“当然该是霓虹国!”

“……洗手间……小魔仙……?”

“嗖爹死。”

“小魔仙……来做纳尼……?”

“当然是来唱歌!”

“……洗手间……小魔仙……?”

“嗖爹死,电视机上面的新闻说的。今年在日本国流行得很的歌,描写女孩子想念祖母的唱词,一听起来就要下泪的。”

“妈,雅蠛蝶! 吃你的咪西吧!”

“啊啦,哈哈哈……”

“话说……那拄杖是纳尼?”

“啊啦,那个哟。你外公说是从东台路捡了回来的。”

“猜中了……”

“说的是那个罢。”

“嗯,丑得可以,坏了心绪。”

“是罢?”

“仿佛将要吞掉纳尼……”

“那蛇没有自啮其身?”

“就觉得是蛇!”

“大概生物是不错的。”

“你外公说是龙,还说那简直是一定的。”

“纳尼?! 龙?!”

“就那玩意儿?!”

“啊呀,你外公不是龙年出生的么?你们俩是猴罢。”

“偶是鸡爹死。”

“啊啦,嗖嘎。”

“小鸡鸡……”

“红豆泥雅蠛蝶!”

“你哇?”

“我是老鼠。”

“老鼠是龙同虎的中间的。”

“老鼠跟马的中间是纳尼来的……”

“猿。”

“嗖嘎……”

“所以，纳尼？”

……

“话说，你要去趟东京？”

“啊。”

“那么，你顺便给我去AKB买些东西罢。”

泽男和他的同伴一向将秋叶原叫做AKB。他一定要余帮他的忙，在秋叶原买一个《东方系列》的里面的人物的手办。

“还有这个电脑游艺，单在日本国才能够买到。”泽男一面撕下手边的日报的一个角，歪歪斜斜地用片假名写了几个字，一面又瞪着眼睛，一字一字地说了一遍，“单在日本国才能够买到爹死哟！”

母亲也赶来凑热闹，竟不自检点，一味任意地说：“常久没读摩登杂志《阿囡》，很想看一看。还有还有，给妈妈买五袋红豆沙回来罢。”

“看我的事情如不如意罢。”余这样回答后，默默地想着去到日本国之后究竟有没有想做的事情。然而吃过饭后想了很久依旧想不出——于是终于还是没有想出什么。“不如去芋坂吃团子串罢……”偶然电光一闪似的想到的,也只有那样的东西。

余与送行的母亲一早乘从静安寺出发的机场巴士跑往浦东国际空港去。到了之后就决定在空港的肯他基吃早饭。

适量多样　　均衡营养　　天天运动　　健康一生

托盘的彩色的纸的上面写着这样的对客人的教训的文字,文字的上面是油炸土豆丝儿,土豆丝儿的上面不时有余或母亲的手来拿,然后送到各自的嘴里。然而余与母亲的眼睛却一同呆呆地看着玻璃窗外的一个飞行机在地上悠悠然地打着旋子。余与母亲都不大能够听见将飞起的飞行机的轰轰的声响,两个人却也没有觉察这情形颇不自然。

“愈来愈像了。”

“像纳尼?”

“侧颜。像你父亲的。”

“呵呵？像个呆木头……”

母亲并不理会余说的话，只是从包裹里摸出一个信封，默默地递给余。信封里是三枚一万块的纸币、四枚一千块的纸币、一个五百块的银元和一个一百块的铜元。在余的记忆中，一千块上面的男人的脸应该是夏什么的作家罢，可眼前的……信封的背后书着父亲的名字“升”和祖父母家的住所。

“不胡乱地花销，款子是足够的。”

……

“还记得下车的车站罢？”

……

“从车站走一忽便能够到。”

……

“倘若不明白，问一问车站的门房罢。”

余尖着嘴用力吸着杯子里的口可口乐，吸干的同时，塑料吸管也一同震颤。于是余打开盖子，将冰的块倒进嘴巴里，一面使它们在嘴巴里面滑溜着，一面默默地略略点了一点头。

余终于登上扶梯，来到飞行机的里面，就要将携带电话设为飞行中的时候，携带忽而一闪，瞬间便震动起来。是母亲挂来的。

“毛细毛细，红豆沙须得买没皮的滤滤沙。”

“滤滤沙……”

“可不是有皮的粒粒沙哟。”

……

“袋子上面应该写着这几个字。”

……

“用平假名。”

“红豆泥不是片假名？”

“嗯，红豆沙。”

“明白了，要切携带的电源了。”

“到了日本国，记得给妈妈挂电话。”

“哈衣哈衣。”

“祝你无事到着！”

这一点事情似乎不必特意挂来电话罢。余切掉电源，寻到飞行机入场券的上面写的“三十四A”座位。外侧座位上已然坐了一个苍白瘦削的鬼一样的脸的欧巴桑，穿着领口和袖口全都镶着荷叶边儿的半透着内衣的罩衫。头发和眼镜的颜色倒是乌黑的，且读着日本文的卖货画册，余想伊大概是个日本人罢。于是余用日本语说了句“撕咪麻森”之后从欧巴桑面前穿过，坐到了临窗的位子上。余刚坐下来，像一大瓶好香水洒了似的，从欧巴桑身体上就有一阵说不清的香味便争先恐后地跑到了余的鼻子里。

飞行机发动了不少的工夫以后，开始缓缓地向前滑溜，接着两侧机翅子下的马达开始旋转使身体加速。此时余闭了眼睛，假作身子同飞行机进行了一体化，一同震动，一同倾注着全力前驱。飞行机愈跑愈快，马达也响得震天，随着这速度与声响余也在心底发狂似的叫喊。

“噢噢噢噢噢——”

“呜呜呜呜呜呜——”

“啊啊啊啊啊啊啊——”

“啊！”

“一裤子哦！”

余并不厌恶乘飞行机，于一刹那间忘记现实之世的一切，于是解放，于是心安，是极好的。玻璃窗外的空中青碧到如一片海，只飘着纯白的浮云。不一忽，云中现出三匹肥白的羔羊，仿佛在天与云间叫着、跑着、笑着，全看不出“生”的辛苦。天空的羔羊的身体实际是小的水滴或冰晶，如明胶似的，大的冰晶即成为雪花的罢。余试想将那雪花置于公园里的大先生的窄的额上，却因为自己的想象而吃了一惊：雪花如此合于大先生的脸，显得这般自然！余方发见先生的神情本就如雪花一般干净、纯粹、全无杂念且一贯如此。

独戏柳枝芽
随心飘逸无牵挂
宛如雪中花

飞行机的翅子就在余窗外的前面。手表上的针已经指向十二时十五分。余谨慎小心地捏着手表侧面的小小的发条，轻轻地拉起，向前一拧，时针随着发条向前转了一圈，世界便即随着时针来到了十三点十五分。猛然间，余翻转了筋斗似的随着飞行机剧烈地晃动起来。

到底还是平稳了。坐在余旁边的欧巴桑从前面一列位子的背后的口袋摸出了里面夹着的卖货画册来。就灯光下仔细看时,那既不是免税铺子的卖货画册,却也不是飞行机株式会社的宣传杂志,应该是欧巴桑自己随身带来的东西。表纸上的《阿囡》(an·an)何等地醒目呵！这便是母亲说的那摩登杂志！此外表纸上还有一些文字,这一期像是专门传授"对抗衰老"的方法的集子。"对抗"……余的心忽而难沉静下来,觉得有一种沉重的迫压,使余不能不寻一个发泄的地方。

余坐在摇动着的飞行机的洗手间中的便桶的上面,这样想着:余的人生,倘若如眼前的不随波逐流的狠狠扒着便桶内壁不下去的这玩意儿,委实是极不体面的。假使粉身碎骨却能够化作新的生命的养分不是正好的一条路么？如余这般固执也是绝不可行的,年月日时,人间万物,哪有固定不易的道理,余也须得顺其自然才好,这也正应了那个作家所说的"则天去私"了罢。目下,旁边的欧巴桑或者多少使我厌烦,然而与或一种物对抗的余与伊,却可以叫做同志了。革命尚未成功,同志仍需努力。人间多有旧道德、老规矩，各人也全都有识自我、张个性，用青春的本来面目去处世的愿望。然而哪个人都有遇到注定只能阴沉、萎缩、婉顺、安本分、屏息而行的时候。这个时候明知道活在世间不容易，也应想得光明些，想实在是“斯亦不足畏也矣”。青春、个性，又正如狂飙的野牛或悍马，它如此不羁，且如此贪心，却又栖在每个人的心底里。单能够勒紧这野牛或悍马的缰绳，大约也算不得一个英雄。无论如何偏要使所谓的理性去御那牛马的，也未必受尊敬，因为必定会搅许多好梦。说不定那野牛或悍马的身体里还有着别一头牛或马，正为了心底充满血腥的歌声却缚了缰绳而苦痛。我们何不听一听心的野牛弹的琴或悍马念的经？君不见马克思、马可·波罗、马丁·路德、马丁·路德·金、贝拉克·奥巴马、玛格丽特·撒切尔的里面不都有一头悍马么？一面这样想着，余一面将过柔则曲、过刚则折、不软不硬的腹中的那团迫压，用大胆、细腻且半自动的法子发泄到了便桶中。

欧巴桑放下《阿囡》，仿佛读厌了，无聊了。恰好余回来坐下，于是伊将痨病脸慢慢地朝向了余，问：

“留学生桑？”

余只应了一声“不……”，便没有往下说。

欧巴桑接着问：

“那是来旅行？”

余依旧只应声“不……”。

“那是工作？”

“不……”

余连说了三个“不”字，这时穿制服的女人开始送饭菜，余终于得救了。仿佛余同日本人谈话很是紧张，而且手掌心也冷冰冰的许多汗。不如给欧巴桑也起一个绰号罢。有了绰号，余便也许能够多少觉得同伊亲近一些。这特别的地方嘛……眼睛普通，耳朵也一般，嘴巴也没有惹眼的地方。鼻子如何呢？直而见骨的克夫鼻吗？也不是，不如说平凡得有些使人遗憾……余正在想着，穿制服的女人推着小车来到余这一排。女人向着欧巴桑用日本语，而向着余却用中国语发了相同的质问：“主菜要鸡料理还是鱼料理？”伊是怎么知道的呢？对哪个人用中国语，对哪个人用日本语？余想着，选了鸡，欧巴桑选了鱼。

“中国人桑？”欧巴桑一面剥开裹着鱼的亮晃晃的纸，

一面半歪着脑袋白了眼睛看余。

“不……”

“那么还是日本人啦?”

“不……怎么说才好……”

“……啊！明白了！韩国人!”

“……”

“一定是了！哇她西最喜爱韩国！贵国的帅帅的男优桑多得很思密达!”

“这个……”

于是余随随便便被当做了韩国人。然而问中国人跟日本人时余都说了不,实在也只有这样。

“韩国的哪里呢?”

“靠南……”

“嗖嘎,什么样的地方?”

“……鱼很是五妈姨的地方。”

“嗖嘎,那么你是极喜爱吃鱼的罢?”

“哈依。”

“却是鸡料理?”欧巴桑看了看余正在吃的油煎小鸡排,皱了皱鼻子。

“啊，嗖爹死……”

“时时吃，腻烦了罢？”

“这个……大概罢……”

“呵呵，不过呀，你的选择说不定是正解。这鱼，实在不够五妈姨。”

“嗖爹死噶……”

“大约是冷冻的，这玩意儿。”

“……”

“你的鸡五妈姨？”

“嗯，还算五妈姨……”

“……看起来真也是有食欲！这些人也真难得说明白呵，单是问要吃鸡料理还是鱼料理又怎么能行！是罢？”

“嗖爹死……”

再没有什么更大的事情，使余如这一餐的拘束得不畅快了。余狮子似的赶快吃完饭菜，将托盘还给穿制服的女人，接着要了一杯橙子果汁。

“小哥……这个你也吃了罢。”欧巴桑将饭菜里附的桃子冻儿递过来给余。

“啊，非常的阿里嘎头。”

“哇她西有些吃不下去了。”

这桃子冻儿于本没有饱的余来说实在是一件侥幸的赠物。余打算马上将这凉丝丝的难得的甜桃子冻儿塞进嘴巴，于是剥开了封口的塑料纸。猛然间，飞行机一大晃，余的手用力一捏，桃子冻儿整个飞在了地板上。“啊哟，多么可惜呀……这样的时候，倘若是真正的日本人该说些什么呢……”余想还是先道歉才能够得平安，于是对欧巴桑说：“撕咪麻森……”欧巴桑却不作声，只默默地从小口袋中掏出涕休，裹了地板上的桃子冻儿弃到了呕吐口袋里。余蹲下身子将地板上的残渍擦净，同时想：这个时候贤明的人须得说些什么打破这死的不融和的空气罢。便问了一句：

“您是去旅行了么？”

欧巴桑果然脸上露出笑且朝向了余这边。

“嗡，万里の长城。热得不得了。一般不是觉得北京会凉快么？从地图上看也靠近上面的，所以哇她西是连遮阳的伞也没有带。阿哟，待到爬上长城，连半棵树也寻不见啊。你看哇她西这样的年纪，是极容易出斑的，真是难应付！”

“嗖爹死噶……”

“哇她西还去了趟上海。江边不是有个小鸡鸡……嘻嘻……团子串一般的楼么，哇她西很不容易地登上去一看，对面竟立着更高大的建物！瓶起子妖怪一般的那个。可是压根儿就没有听谁说过还有更高的唷，人人不都觉得那个团子串是第一番么？”

“嗖爹死……”

“不过中国真也太有元气，这是极好的。日本国天天听到有人叹息叫唤，景气差，景气差。人人颓唐不安的模样，脸上都罩上一层黑气，真看得人心烦。”

“日本国没有元气么？”

“难道不是么？”

日本国没有元气……余却是从不觉得。上海满眼都是日本国的便利店，日本料理店也到处都有。UNIQLO 也该是日本国的株式会社。写真机也全都是 NIKON、SONY、CANON、OLYMPUS，名字虽然不像东洋式的称呼，株式会社却的的确确全是日本国的罢。万国博览会上，排在撒乌鸡·阿剌伯的月亮船后面第二人多的就要算日本国的紫蚕岛了罢。

“如此下去,国将不国!”

“纳尼?!”

“哇她西的家里的主人常常这样开玩笑啃。”

“您先生真……”

余在中国的日子更加长久一些,因而相识的人多是中国人,但余并未将自己也当作中国人。要说得可靠一点,或者倒不如说周围的人时时使余觉得自己不是一个中国人。学校里、电视机上、过街步道桥上挂的横断幕上的文字,愈提倡爱国,余的心却愈不感到怎样的留恋,只觉得中国离余愈远,渐渐远离了余。然而余也绝不觉得自己是一个日本人。余的心从未完全归于一方,一度也未曾有过。余的国籍是日本国,识得余的名字的人也可以不假思索地说余是一个道地的日本人。男人与女人合力制造的可爱的宝贝里面不是男人便是女人,极少中间的。这样看来,中国人与日本人合力制造的可爱的宝贝也应当不是中国人便是日本人,中间的居少数。然而余的心脏却是如弯曲的管子一般,一端是中国,一端是日本国,时时在做着化学课程的浸透压实验。里面的心液受了一端的迫压便会费力穿过管子中间的半透膜挤向另一端,连绵不断地来往反复于两端的中间。今后也将不能不如此的罢。每每中国与日本国在国际体育大会中相遇,余必定应援将败的一方。偏于一方在我很是为难,大概也还是因为余太过于感情用事。然而余是非黑非白的国民,尚没有力量保护自己,只好别出心裁,胡乱坐在国境线上,在也如醒,也如醉,若有知,若无知,也欲死,也欲生之中垂下鱼线,等待新的前行的食粮的出现。然而钓上来的终于还是只有奇怪得很的东西,余又只有吃下这东西继续前行。或者余的至今的人生一向如是,或者这于余正是理想的人生。但余心底的野牛或悍马又将如何看待此种人生呢?或者此种人生压根便绝不可行也说不定……

三

飞行机将要降下了,穿过白的云便看见非常之蓝的海,随即看见日本国列岛的绿。飞行机渐渐临近地面,地的上面到处现出笔直的线,如照着尺子画出来似的。

“日本国究竟是第一棒！洗手间也能够安心且舒服地去上。嗖嗖！出了飞行机即刻直奔荞麦屋吃上一碗荞麦面！”欧巴桑这时很兴奋地说。

飞行机稳当地降在了滑走路上,减速度的同时,同着机身子的震动而身子也感着这震动的客人们这才一齐深深地呼出了一口气。飞行机完全停稳当之后,余便由头顶上的柜子里面拉出了行李。余看见《阿囡》静静地夹在口袋中,将这事告知了欧巴桑。欧巴桑说不要了,弃在口袋罢。于是余试问欧巴桑能否给与余。欧巴桑睁着怪眼睛看余，说："嗯，能够倒是能够的……"伊说完，便站起来，抬起臂膊，手捏着罩衫的肩膀处轻轻地提起了两三下，半透着内衣的白的罩衫进了空气鼓起来且轻飘飘地摇荡了。欧巴桑的绰号原来是东洋水母。

余的入国手续向来长过别的人。关官检查的时候，余不知道须摆怎样的表情才算自然。通过关官身旁的时候，他竟将余当作回国的日本人，招呼了一声："偶可爱理那仨姨！"余连忙一鞠躬，恭敬地答了一声"他大姨妈……"便奔向出口。日本国究竟还是使余慌张。

先寻暂寓的旅馆罢。旅馆紧挨着日本国国家电气列车——JR的秋叶原站旁边，余未出发前便已预约。余用那因特儿奈特查的时候，恰好秋叶原的这个旅馆正在大酬宾中，多少能够便宜一些料金，于是订下了这家。余一个人不知道能否寻得到……墙壁上倒是贴着路线图，九连环般的复杂，弄得余眼花缭乱。余使心平静下去，且向路线图再一盯，终于从许多的地名里寻到现在地同目的地的站之后，按算数的法子算了连结两地的最短的路途，明白应该乘往东京方面的快车，在东京站换别的车便可，原来是极容易的事。

电气列车里是比记忆中更要可怕的安静与干净。然而玻璃窗外依旧还是老样子，乡下一样的景色。究竟余一个人乘日本国的电气列车尚是第一回，时而立起，时而坐下，这动作却是全没有意味。余仍旧不很沉静。过了一会，余便开始有些迷迷糊糊。恍惚中余的头觉得昏昏的，看见了一些梦的断片。东京站到了。

余在站台的上面等换乘的列车的时候，看见一个穿黄的连衣裙的梳小辫子的女孩子手指卖店向着大约是母亲的女人问：

“写着おべんとう，为什么呢?”

“里面卖着便当哩。”母亲笑迷迷地答道。

旁边的余也像得了道一般，那母亲的话在脑里反复地烁烁地想：“嗖嘎，里面卖着盒饭哩。”

站台上回荡着操着标准五十音的日本语的广播，在预告列车的将到，虽然没有什么失职，但总觉得有些单调。不一忽，列车随着地的震动停在了余的眼前，车门“噗嗤”一声打开了。女孩子同伊的母亲乘的车与余相同。车厢里的客人中，两个人便有一个是穿黑的西洋服的男人。客人们大都抓着上面的吊着的圆圈立在那里，却没有谁打算去坐空的老幼病残孕的位子。余忽然很怀念且希望看见从车厢另一头一个一个陆续走来肩上挎着扩音器呐喊着唱老的歌曲的乞丐，或者睁着黄鼠狼样的眼睛看人的恭恭敬敬地低头卖观光地图的少年，这些在上海的地下铁是时时能够看见的。然而这里是东京，很有些不现实了。女孩子看着窗外仿佛要哭似的脸，盯着伊的余仿佛也受了伊的影响，很有些想哭了。

余在秋叶原站下了列车，围着车站的周围转了三圈，终于发见了将寓的旅馆的匾额，这才姑且安心了。乘电气爱来贝塔上到三楼，便是旅馆的柜台。爱来贝塔里面满是咖啡的香味。余将护照交与柜台后面的男人，护照上面写着余的罗马字母的名字“ISOTA　KAKERU”。柜台男人不肯多说，惠而不费且快而不赘地向余说明了旅馆如何的使用。绒毯厚厚的，踩着很是愉悦。屋子有些狭，东西却也不少，可以说算得齐全。

余于洗手间很吃惊。伸出一根管子即能够喷出温水洗净屁股的“我臭来偷”便桶盖子，余倒是用过的，并没有感到怎样的惊讶。但不单屁股排出的固体可以吸进去，连排出的气体也能够在一瞬间吸进肚子的便桶却还是生下来第一回看见。发生了的气味不留下一些,恐怕别的国家的五星级的旅馆,也轻易不肯在洗手间安装这样的高科技机能的设备罢。在余的记忆中,上海的万国博览会上的日本国的紫蚕岛的里面展览着大号"世界第一洗手间"的物件,据说是黄金制的便桶。洗手间前呆站着一排一排的男人女人的情形绝不罕逢,能够从大宅子里搬出来露出崇高的雄姿使国民们一排一排地进来瞻仰的便桶,实在是有屎以来第一件。或者这个国家的洗手间里真的住着小魔仙也说不定。

余仍然同平时一样打算给携带电话充电,却想起没有带来日本国制式的插头,不知道可以直接插入么……先不管它,无论怎样余的爱富翁携带电话也是没了电气便永不能再用的。余的眼前没有选择的余地。

余放下行李,离开旅馆,上了大马路。马路上贴着涂抹了满脸脂粉的女孩子的画报。余没有正视的勇气的做些下流举动的图画也是有的。家庭电气制品的铺子很是多。泽男常常说AKB是冠于全球的漫画动画城镇,从余看来,也像那北京的中关村样的电气制品大街。铺子里多有中国语的广播,于余来说,中国语比日本语仿佛更容易。铺子里挤满了电脑、笔记本电脑、携带电话、写真机、DVD机器、电视机、扩音器、MP3、MP4、打印机器、扫描机器、游艺机器等等。电气制品几乎全用片假名写着，多是余不明白用途的玩意儿。一个大的筐的外面的牌子写着“在库处理品”，里面随随便便地堆了能够拴在携带手机上的小东西、五颜六色的盒子的CD光盘、猫脸猫身子的小物件等。新制品也都似乎争先恐后地跳进余的眼睛里来，仿佛带了一种野心，不止视觉，听觉、触觉也都将给余加刺激，进而将要使余发生幻觉、错觉和不自觉。从四面将余包围起来的新制品又似乎都唱着楚歌，惟有余眼前的特大号液晶电视机是余唯一的救星，上面却是映着鲜红的鲜明的鲜美的一大朵虞美人……

余在叫做“激安的天堂”的铺子里一眼就发见了没皮的滤滤沙，写着“特卖品”的降了价的滤滤沙堆成了山。母亲先前说过购五袋，余并没有多取。一袋一斤，一共有五袋，重量着实很不轻了。还有这“激安的天堂”比刚才的电气制品铺子还要杂乱得多，这空间或许也正是为忠实于杂乱而设想的。架子上的货品的一半是玩具模样的东西，原来是玩具建了这杂乱的天堂。这也一样是日本国……余并没有发见其他要寻的种种。离开天堂,四下已经消失在昏暗中,黑夜就从此开头。这夜仿佛是余熟识的正在想念的夜,是余记得的东京的夜,是这样的无月的夜。隘巷中,余任两脚盲目地走着。过了些时,余的眼前出现了暗蓝的拉面店模样的看板。印着毛笔字的“拉—面”的布的门帘在余的眼前摇晃着。余打算从外面将里面的样子窥个分明,毛玻璃却挡了余的眼睛,全没有看清。毛玻璃上面只渗出和暖的灯色和人的说话声。扇着的电气扇叶子将不坏的味道同热气吹得弥漫在宇宙里。余没有声息地推开门,脑袋将要还未要穿过布帘子下面的一瞬间,店中忽然起了极响的两三声叫喊:“姨拉下姨妈塞!”喊声吐字很不清楚,但极有威势,震得余的耳中琅琅地响——是掌柜的和伙计们在欢迎余了。小店里单有柜台没有桌,柜台前的位子上几乎坐满了吸着面的男人,待到增加了余之后,空缺便补满了。

“撕咪麻森,客官,请您在那边购食券。”一个戴黑框眼镜的青年伙计一面向着余恭敬地说,一面用手指着门口那方。他手指朝着的方向的尽头的确立着自动发券机器,原本是在机器买券的啊。

元祖　炎の酱油口哭留香拉面　　八百円
金の小葱味噌大酱汤叉烧拉面　　八百円
绝品！忒好吃味浓厚猪骨拉面　　八百円
究极の超级严选鲜虾盐香拉面　　八百円
偶立即手作独门饺子(五个)　　五百円
……

余呆站在发券机的跟前迟疑了多时,仿佛只须选定或酱油味道或味噌大酱汤味道或猪骨味道或盐香味道便可以了,然而明白这一点余却是用了三十秒。余塞进钱,狠狠地按了"元祖　炎の酱油口哭留香拉面"。明明白白是中国的锅贴,这里竟叫做饺子。不过这锅贴也引得余咽口水。五百円……算了罢。五个锅贴五百円,太高了些。余将发券机吐出来的食券拿给伙计,伙计沿着点线一折一撕,余下的一半又交还给了余。

"撕咪麻森,客官,小店目下人多混杂,所以要请您将包裹收到椅子的下面,不知能不能够呢?"

"啊,哈衣……"

不是黑框眼镜男，是另一个男人对余那么说的。这男人的文辞处处透着客气，余却隐隐约约觉得过客气而及叮咛了。要说得可靠一点，从余听来，这男人仿佛在有意识地制约自己的语调和嘴巴。等候拉面做好之前，余开始留意观察那男人的日本语。“姨拉下姨妈塞”“阿里嘎头够杂姨妈死”，日本语的一句一句的发音全如日本人一般，连滑舌也极自然。男人抬起眼睛来看了看余。余仍旧目不邪视地盯着他看，却看见他的眼睛一瞬间发生了动摇，眼珠一轮，游去了别的地方。余确信余的推测没有错，这男人恐怕不是日本人。倘若要说，他或许是中国人罢。相貌是不很能够确定，但总有一种大陆人的感觉。余觉得他与濮存昕先生有几分相像，青年的时候的。

邻座的客人正在吃锅贴。啊……这……这锅贴是多么丰饶呵！看上去是多么的引人食欲啊！不过……即使如何引人，五百円也太高了些，那么一个便一百円了啊。可是……此后这种在日本国吃锅贴的机会还能不能够遇着，委实不明了，这现实的想法又很使余动摇着。

“客官，您的酱油拉—面来~了！”

余的眼前放上了黑框眼镜男递过来的拉面的碗。日本国的拉面的碗的上面常常画上绿的龙，这个店的碗却没有那些，只是碗的沿上装饰着青铜器的兽纹似的绘图。东西倒还是那些老样子，叉烧、日本风の紫菜、干笋、香葱还有半熟的鸡蛋的一半，这些材料的全副浸在琥珀色的汤中，仿佛一心要把下面的面隐藏起来似的挤在一起。咦？这是什么玩意儿？余发见碗的正中放了一个白色的周围是锯齿形状的圆片，圆片中间用红的颜色写了一个草书的“的”字，很像是日本语的“の”。余还是第一回遇到这东西，姑且尝尝罢，然而并不如何好吃。说起来，这东西的“の”倒是很像大先生右肩上那撮火的影似的旋毛。

面五妈姨，汤也很五妈姨。面不是直的，是曲的。余也不大明白什么样的面能够算得上筋道，但这面确是五妈姨。余想：筋道的面也未必是五妈姨的面，面筋道不筋道其实不足贵，使食客将筋道不筋道统统忘到脑后的五妈姨的面才算得上红豆泥五妈姨的面。于是余又将拉面的汤喝到没有剩下几滴。然而余却又怀疑自己是否有些失望，这写着汉字的拉面同东京的马路上满眼的片假名的拉面似乎也并没有怎样的不同。

余身旁的客人离了座位，盘子里居然剩下了一个锅贴，岂有这样的道理？多么使人凄伤……余忍受着这欲望的苦痛，大半是为这锅贴，而此时眼前却有一个被吃剩弃在盘中……余还看见那锅贴的下面隐隐约约写着一个“囍”字。

余终于还是没有问那伙计是否是中国人，仍旧怀着对于锅贴的难以杜绝的留恋出了拉面店。

回到旅馆，余就立刻躺下。不知不觉间身体已经极疲累，软得如魔芋一般，却无论如何也是睡不着。“余是一个人来到日本国的！”想到这个，余忽然害怕起来了。余紧紧地闭上眼，静待这念头的消失。余在床上不停地重复着：仰着—趴着—向右—向左—仰着—趴着—向右—向左，只觉得两个手心和两个脚心都开始一阵一阵地冒着热蓬蓬的蒸气。于是余将右手心盖在左手背上冰，过了一会再将左手心盖在右手背上冰。两脚也如是，右脚心抵在左脚面上冰，过了一会再将左脚心抵在右脚面上冰。余可是觉得这么做只能冰一边，须得想出一个同时冰两边的法子来。于是余又直坐起身，将两脚紧紧地贴在床边的墙上，身体随即变成了日本的“本”字的日本语发音的“ん”字的形状了。两手又该如何呢？余看见了枕旁的凉凉的爱富翁，便拿来使两手握紧。虽说是瞬间且权宜的法子罢，效果却也并不坏。余的两手在身子前面平放着，侧面看余身子却又变成北京的“北”字的右半边了。

Φ　Φ

狮子的凶心

……

兔子的怯弱

……

狐狸的狡猾

……

Φ　Φ

余忽然醒来了，然而睡梦并不香甜。不知何时，天线般贴墙的两脚已经散架，爱富翁掉在床与墙之间的地板上。余似乎是从梦中惊醒的，然而已经记不清做了什么梦。做了梦醒来的时候时时这样，大抵仅仅是只残存做了梦的感觉的外壳，里面的梦的果实却悄无声息地脱落了。枕套上干巴巴的一道痕，是余流淌的口水发散之后留下的

硬迹。拉开窗帘的瞬间,阳光充满了屋子,照得分外明亮。余一面用牙刷磨着牙,一面用狸猫控打开了电视机。貌似是主持节目的男人立在众看客的面前,正在食两种白米饭。两种白米饭似乎是有不同的,哪里不同,又遮掩着不给人看明白。那男人慢慢地咀嚼完两种米饭,猛然间脸上现出很有些得意的形色,仿佛寻到了名侦探柯南寻到的真犯人似的,放开喉咙大叫一声:

"这边的绝对的是日本国产的米爹死!"

助手模样的女人一路小跑过来,白胖的手精熟的掀开了贴在饭桶上的封纸,同时大叫一声:

"正解爹死!"

看客们一片沸腾,接着是酒醉似的喝彩。那女人接着掀开了另一张封纸,上面写了三个大字——"中国米"。

"味道真真差得远哟!"男人撸起右边的袖口,露出了毛毵毵的胳膊,声音愈加响亮了。之后又向着看客们将要拥抱真理似的张开了两个臂膀。于是余换了别的节目。方便拉面的广告终了后,不一忽余听见了似乎听见过的曲子。一个似乎也看见过的戴着太阳镜的油光光的大背头的小个子老男人,在看客们的欢呼和拍手中直挺挺地出现在了电视机的屏幕上。“已经正午了啊！”余反射似的起了这念头。旧时的情形在余的记忆中渐渐地消去，身体却仿佛依然记得。小孩子的时候每到正午必定要看这节目，开场的呕喷曲子一放，余便也手舞足蹈地跟着电视机的男优一起，在电视机前跳箪食。余忆起了也曾和母亲一面看这节目，一面一同吃午饭的情景。余所记得的那间屋子的里面有榻榻米和纸拉门的壁橱，一到冬日，母亲还会取出小炕桌，上面盖上厚厚的被，里面点上取暖的电气灯。余儿时的记忆，忽而全都闪电似的苏生过来，走马灯一样在脑里回旋着。对对，曲子到这个地方应该旋转身子了！余发出着连绵不断的感慨来。这男人似乎与记忆中又有些不同……是如眼前这样单手握着麦克冷笑着登场来的么……啊啊，这不行的！余还没有看电视机的余闲。

余来到便利店买了两个你给力饭团子，单手拿着一面嚼一面上了大马路。余看见一家铺子名叫“虎の穴”，便走进去，思量着再帮泽男寻一寻他所想要的手办和电脑游艺软体。余这时想，打听别人或许快一点罢，于是从钱袋的里面摸出泽男写的纸片递给柜台的伙计看。伙计是个小个子男人，他说塑料小人儿已经没货，游艺软体尚有在库。余随男人走到铺子的最深处，来到一个粉红的布帘跟前，掀开帘子，一同低头钻了进去。余抬起脸的瞬间，便觉得里面的大气压急速地膨胀，心脏像是骤然被一张冰的网子紧紧勒起，两腿也开始立刻发抖，觉得好像脚不点地，浮在空中似的。

“唉唉！弄错游艺了！余十八岁未满！”话声未绝，余便飞也似的跑出了铺子。

泽男这八嘎！简直是发了疯了！说起来泽男确是骄豪地说过日本文明的两大特色非动画与AV莫属……余仿佛觉察到身上有一根天线不听脑的制御踊跃地要受取日本文明的信号……啊呀呀……约定又不能够破弃……游艺还是要入手的。

余深深地吸一口气，又呼出来，决心要舍身取“艺”，走进邻家一个相似的铺子，钻过相似的帘子，在里面四下找寻，然而却未寻到。余想仅凭自力恐怕很难，于是伏藏了羞怯去问伙计。伙计依旧是个小个子男人，他麻利地将余要寻的游艺软体搜出。余原以为伙计能够默默地交给余，然而他却不肯轻易放开，两手将那软体按在胸口，开始滔滔地讲这游艺的来历和妙趣。似乎这游艺虽是旧作，却畅销得很长久了，在这男人心中也是能够进入历代前十名的杰作。又说这游艺已经有了多部，最新的一部近来才发卖。接着议论道："这游艺有四样玩法，你知道么？这系列已发卖了新作，若从最新的入手，便入了邪道，还是从这款经典之作开始罢！"于余看来，这些龌龊破烂的情报，毫没有一丝有意味的东西。余明白这伙计在对马念着佛经，然而实在懒得辩解，于是低眉顺眼地听他讲"道"，毫未想到他泉流似的涌出个不停。男人见余只是恭恭敬敬地听他，似乎认为余是前途有望的好青年，于是语调愈加亲和了。男人终于话都讲完了，余只明白了这软体是拟恋爱的游艺。

余再度上了大马路，慢慢地前行。天空有些半晴半阴了。云似乎在追赶什么而在天上急奔走着。想起来余从昨日开始便感到一种心神不宁，该是为了这一群一群布满四面八方的片假名罢。横横竖竖如裸了身子的枯骨，圆圈却又同浅白的空洞一样……亡灵似的片假名飘游在周围，委实使余觉得冷削且悚然。

一个游艺软体铺子前排了长长的一队人，排着的都是大小男人。听说本日是一个叫做“初音”的拔掐撸假想女歌者的游艺软体的发卖日，倘若在这家店铺购入，还能够得到特别的携带手机小锁链和偶立即独门电话卡的，因而男人们都排了大队。脑后拖了两支葱叶子颜色的假的大辫子的女人穿着无袖的上衣和迷你的裙，正在一手举着扩音器招呼客人。女人的声音经过扩音器变成了电气的小孩子的声音。围近去摄写真的都是很觉得稀奇的西洋人观光客。

马路两旁的橱窗的里面是无数的人形，一个个都做得极精巧。从二头身到八头身的美少女，从科学的机械人到迷信的妖魔鬼怪，实在是五花八门。余竟还看见有李小龙的手办。偶然看见女人形的鱼肉香肠一样的粉嫩光滑的皮肤的时候，余不禁多看了几眼。恰好玻璃窗户上复写着余的脸，这张脸实在是没有元气。余映着的影同橱窗的里面的人形世界相合成一处，形成了复杂却是不安定的浓形淡影的画图。

余抬脸看见后街的六楼的铺子的看板，仿佛是一个“东方系列”的专门的店家，于是走进了楼。升往六楼的电气爱来贝塔的里面很是窄狭，昏暗的电气灯，古旧的壁与门，壁上贴的广告画却是发着奇怪的闪闪的光泽。

铺子里挤着各样同“东方系列”的图画有关联的东西，文房具、小巧的生活用品、背心等等。铺子的最深处，五个客人模样的男人正在现出极高兴的样子且大声叫嚷着玩耍，对四下的客人的眼睛也毫无顾虑。仿佛男人们玩耍的是枪毙人形的游艺。其中有四个男人握着狸猫控用手指头狠命地按着，余很替那四只狸猫的性命担忧。余下的一个男人头上戴着麦克，对着幻灯的画面沉浸于生命的飞扬的极致的大欢喜中解说着眼前的射击的情形。如果这男人们感到快意且欣然，也能够算得上日本国还的债了。我要找的人形陈设在架子的中央。人形穿着红色的衣服，一股中华风，包装盒上印着“上海”二字，估计是要在城隍庙一带卖的。也罢，就用这还了我的“债”吧。

并非一定要说，然而，无论如何，余都决计要略谈一个女子的事情。使余无论如何决计要谈的，并非女子本身的事情，而是不谈这女子，后面的事情便无法详细说明，因而无论如何决计要谈。女子的名字不便公开，在此假托为英文的“K”。

每到星期六的下午,K便去往华山路上的叫做上海绘画培训中心的地方学习。在那学堂里,K与泽男同班。绘画课程终了后,泽男每每喜欢到余的家里来玩耍。记得高校一年级的那一年的春季的某日,泽男立在余的家的铁栅栏门外,说带来了同伴,问余能不能够一同进到屋子里来。余自然应道没有问题,却没有想到是一个女子,实在颇有些窘急,甚至于狼狈了。那女子便是K。即便是母亲,余也执意不允许进到余的房间里来,初见的女子更使余心底或多或少有些抵抗。在学堂中的余也少对着女学生攀谈,这大约是天性罢。泽男也完全了解的,还是带了来。那时候,余对泽男不禁很有些愤然。

K是例外。余与K竟自然而然地相融了,连余也颇感到意外。能够同K相近的原因或许是因为伊太没有女人样子的缘故罢。

K时时提起欣羡余的日本语的名字。伊并且喜欢用这日本语的名字唤余。在学堂中,别的人都唤余的日本语的名字是"SHUN"(しゅん),然而除此以外,日本语中写作"骏"字的读音还有"KAKERU"(かける),这才是余红豆泥的名字。日本语的授业的时间,别的学生的名字都改了叫法,余原以为“SHUN”也是如此,然而余似乎总是觉得哪里有痒处,后来才明白是别的人错叫了,却也懒得订正了,麻烦。于是直至卒业式那一天离开学堂,余的名字始终是“SHUN”。不知什么缘由,动漫迷们招呼余的时候总喜欢喊“还要哦”(はやお)或者“怕要哦”(ぱやお),大概因为日本国的第一有名的动画映画监督的名字是“骏”的日本语的第三种读音,或者是动漫迷们的特有的隐语之类的罢。对了,在家里,母亲喊余日本语的读音“しゅんしゅん”或汉语的读音“骏骏”。常常被误解的不止于名,还有姓。余的全名是“五十田　骏”,有的同学却误以为“五十”是绰号或家里排行一样的冠词,随随便便叫余的名字为“田骏”了。

不谈余的事情了。K于是就这样地成为了余愿意亲近的第一个女子了。K的内里共住着两个女人,一个像劈开的竹子似的痛快爽直的女人,另一个是染了污俗的明白处世术的女人。伊的鼻子同团子很相像,为了这个伊竟有些看低自己。然而余对伊的团子鼻却毫没在意,不如说这鼻子更使余发见伊的可爱的地方了。余与K交换了携带电话的号码,渐渐地,伊一个人来到余的家里玩耍的情形也是有的。旁人看来,余不过是多了一个女子的朋友,然而余却大得意了。过了些时日,泽男不再去那绘画教室了。余说起泽男的时候,K就皱一皱眉,神情是大概不愿意听到的。余脑里回想过泽男、K、余三个人的事情以及其他种种,想的累了,便将这情形解释为"债"。泽男与K之间是不是曾经有过什么,于余并不清楚,余也没有发生丝毫趣味去考究真实。那以后,余与K再没有见过第二度,同泽男到今日却依然还是朋友……

K对日本国的物件所有的只是艳羡。衣物、皮包、眼镜、文房具,用的东西全部都是日本国的制品,还有遇到的东西一切都要将标签翻来翻去地确认是不是"美都因假胜"的癖好,余的房间自然也逃不过伊的调查。大都是"美都因拆哪"的东西的余的房间,曾经使K很是失望。现在想起来,K与余相融,说不定是余生来便有的"美都因假胜"的标签起了功效,然而严密地讲,余也并非是纯粹的日本国的制品……

或一日,K说出了将去日本国留洋。那个时候,余也拟好了进入日本国的大学的计划,这原本是父亲的想法。于是余同K下了同赴东京的约定。但最激烈反对K留学日本国的却是伊的父母。伊的父母将留学看得极严重，仿佛他们的女娃将要撇了他们独自飞升到月宫永远一个人快乐了似的。同余一样，K也是一人子女，伊父母的心思也并非是难以理解的。这么一来，K暂时再也没有了去向。过了大半年，余这里却发生了如脑后受了一击的大变故，从日本传来消息，父亲过世了。那时正是高二那一年的春天。留学日本国的事情不得已只能踩了刹车。昨年期末考试完全终了后，余与K一同去观了3D版的《阿凡达》，但从那以后没有再见面。K现在在哪里呢？会在东京么？大约没有在罢。

余走得有些倦了，打算休憩片刻。余记得在升上来的电气爱来贝塔的里面看见四楼有一个咖啡店，于是由台阶下到四楼，一眼便看到了店的入口。一个女服务员在茶的头发上顶着挂动物耳朵的黑的发带，黑的裙，腰上捆着白的围裙立在门口，向着余笑嘻嘻地说：

“偶可爱理那仨姨妈塞！——狗嗅近仨妈——喵呜——！”

这是余在空港已经遇到了的情形，因而并不如何慌张，装出一副平常的脸，平静地点头道：

“他大姨妈。”

余先前听见过传闻，日本国的空港和咖啡店和别的极多的地方都爱用“偶可爱理那仨姨”这个文辞，仿佛不单单是“您回来了”，竟加之“欢迎光临”的意味了。日本人到底是一群打招呼狂。往常的话，“偶可爱理那仨姨”也足够了，加上“妈塞”的“偶可爱理那仨姨妈塞”则更显得恭敬。不过……最后的“喵呜！”可是什么玩意儿呢？

“主人您是一位姨拉下衣的——喵呜！——么？”

“啊……哈衣……”

“圆圆——的凳凳——还有——软软——的沙发发——主人您坐哪——里——喵呜！——呢？”

“呃……沙发……”

“主人这边请——喵呜！”

咖啡店内是褐的底色，充满着雅致的从容。然而余怀了些许的违和感。店里面飘游着古怪的空气，看起来不是一般的咖啡店。女服务员的日本语也实在像是失了筋道的拉面，过于松弛了。莫非是在上海也大流行的“新概念”商法么？余很有些懊恼没有看清楚店名。一个穿西洋服的头上薄毛的中年的男人背对着余一个人坐在玻璃窗前的沙发的上面，脑壳油光光的。另一个女服务员举着托盘送去了料理。仔细一看，那女人的屁股上挂着一根尾巴模样的东西。

“主人您久等——啦！这是您的意大利风猫猫焗饭——饭！主人——哇她西将全部的爱——全都放进这芝士粉——给主人您——撒撒——您感到可以了——便请举起猫猫肉肉拳——元气地‘喵呜——喵呜’地喊一声——喵呜！——罢！”

伊说完了，便将身子拧成五道弯，一面摇晃屁股后面的尾巴，一面向盖着鲣鱼花的西红柿酱鸡蛋炒饭的上面撒芝士粉。那男人早早做好准备，将两条小胳膊举在前胸，轻轻地握好拳头，且招财猫似的拳头向前面弯着。男人停了半刻，大喊一声“喵呜喵呜！”，止住了爱心撒撒。

“哈——衣，这样香香就完成！请主人慢——用——喵呜！”

正在这个时候，余的右面的口袋忽然响起了携带手机的声响。是母亲……

“你在哪儿呢？”

“东京。”

“东京的哪儿?”

“秋叶原。”

“秋叶原的哪儿?”

问余,余也在纳罕,实在不明白这里是什么个所在。母亲这个时候发短的信也真是……想起来母亲似乎说过到了日本国之后须给伊挂电话……余入力了“不知道”,刚刚要发送,携带电话却突然跑到了信号圈外,与母亲的联络竟中断了。

一个黑发的女子喊了一声“辛苦了仨妈!”,走进了店里面。

“阿唷喂,今儿个呀——穿花浴衣的三次元现充——们,有一坨一坨的哦……”那女子并非向着谁说话,仿佛随意自己发着牢骚,走进了里面的一间小屋。

于是西洋服薄毛男对着近旁的女服务员说道:

“今日似乎足立有那花火大会。刚刚下过小小的雨,本喵原本还以为大会将中止……啊呀,反正与本喵很没有关系……嘻嘻……喵呜!”

过了一会，小屋里面的女子走了出来，穿着同其他女人一样的黑的裙，腰间捆着白的围裙，头上顶着猫耳朵，头发也与别的女人一样成了茶的颜色，原来是假的。那女子将菜单夹在胳肢窝下向余这方走来。

"姨拉下姨妈塞！阿她西是丁点儿肥的真子噢——主人——您选好了——喵呜！——么？"那女子一面问余，一面轻扭着屁股，摆了个泡丝。这是什么玩意儿……八嘎一样胡乱亲近！比起便利店的店员的态度，差的远了！饮物竟是出乎余意料的高价。莫非这高价同女服务员的胡乱亲近有什么关联么？即便如此，也算是暴利。余不愿意浪费仅剩的日本円，也没有冲出店的胆量和气力，不得已要了一杯咖啡。

"三花猫——屎咖啡爹死喵呜！——主人噢——英明奶丝眼光——爹——死！哇她西真子为主人唱能够更好喝的咒——语哦——还要将奶奶和糖糖一同搅呀搅——喵呜！主人是第一回到这个三花猫猫萌仆咖啡店姨拉下衣的——喵呜！——么？"

"啊，哈衣……"

萌仆？便是女仆咖啡店罢。泽男似乎向余提起过。

那个时候余还想:咖啡店有女仆服务不是见惯了的么。原来泽男说的是这模样的女仆……

“本店——里的规——矩,主人们也须得一起——变成——猫猫唷——好不好——喵呜！——呢?”

客人们也要变？这女子的话的意味于余来说全没有听得明白。这女子难道真如伊自己所说,已经变成猫了么？然而余无论如何也觉得伊仅仅是在扣撕扑搔,哪里像真的猫？说起猫来,大先生是否元气呢……余突然间很是想念先生。

“主人——？好不好——喵呜！——呢？仿佛在发呆呆——哦。”

“哎?”

“哇她西点了这根蜡烛——主人也进入哇她西们的猫神家一族——爹死喵呜!”

余只是呆呆且默默地似听非听着伊的“拉面语”。

“主人——？好不好——喵呜！——呢?”

“……”

“您能够变成猫猫——喵呜！——的罢?”

“大约……”

“噗！大约——爹死噶——？这念头打没哟！打没打

没——请您务必变——哟！”

“余试一试罢……”

“嗖爹死！就是这个声势！羞羞的念头也打没打没爹死哟——此时才能够放开拘束的心，忘掉做人的苦恼和呻吟爹死哟——那么开始罢！——阿唷——真子悬悬忘记大事了——主人请稍候——啊勒……那个去那里哩？——庄子酱——将笔借哇她西——三克油——主人——这笔是能够擦洗掉的哦——请您放宽心——喵呜！——那么真子就失礼一下下……一齐、贰——三。这一边也一齐、贰——三。哈衣，这个样子便欧·凯爹——死！啊啦——主人像极了！那么——心里的准备好没好了——喵呜！——呢？去罢——撒——尽情变——猫猫——喵呜！——罢！”

真子那么说着，点着了眼前的蜡烛。

“乓——啪嗒乓——！欢迎光临——猫猫国——喵呜——喵呜——喵呜！”

Φ　Φ

……吾辈意甚朦胧……此为何处……眼前何物……

非世间常物者也……凭二足之力可行走之怪物……无毛之面宛若沸汤之瓶……伪添两耳意图混迹猫族……实难忍异族之讥……然足下似油，难行寸步……此处无土，恶臭扑面……又腹饥难耐……未知何处藏黍……干鱼之香，吾辈神往……怪物亦食鱼呼？实乃好鱼吾辈之幸也……吾辈欲将鱼少借……呜呼哀哉……此又为何物……味似鱼而形似木屑……怪物食此物亦可延命，实乃怪哉……味又似乳水已腐，好此物之怪物实难苟同……虽发狂之徒，吾辈却顿生敬重……四爪痛痒难耐……难觅坚硬之处……非磨之而胸中难快矣……此壁似吾辈意中之物……何事……为何……顷刻间怪物齐视吾辈……吾猫族遍布南北，难属稀有之物也……为何……怪物惊呼……吾辈友族，何必戒我如虎……莫非此处皆为怪物之领土……

Φ　　Φ

只记得手脚全都趴在地板的上面，模模糊糊不知被谁批了几个嘴巴。抬脸一看，是刚刚不在这里的一个长发黑脸男人。目下这情形，脑袋似乎不愿意去理解，又似乎不愿意不理解，尚处在半梦半醒之中。有女子的哭声。西洋服薄毛男早已没了踪影。真子屁股坐在地板上，且似乎没有将要站起的意思。黑的裙下露出雪白的膝盖，半透明的液体落到两膝之间，接着落到地板上，沿着缝隙静静地流。慌慌张张地算完账之后便跑出了店门。

从电气爱来贝塔出来，便即蹲到了地面。脑袋依旧尚未清醒，仿佛听到了远处有窃窃的低声。梦游似的追随着这声响，两脚不自觉地朝那声响的方向前行。穿梭于街灯、霓虹与自动车灯之中，周围放着浩大闪烁的白光，依然欣然且惨然地前行。有数次几乎被路人撞倒。

也不知前行了多少路，然而心里清楚，这低声远远的就在前面了。

棒！……棒！……棒！棒！棒！棒！……棒！……棒！……棒！……棒！……棒！棒！……棒！……棒！……棒！棒！棒！……棒！

楼与楼之间的缝隙能够看到鬼眼的虚空，光的粉末不时洒在缝隙中，虚空时开时合，不一忽又将时开时合。耳边猛然间传来轰鸣，霎时间传入耳中，似乎将要使鼓膜撕裂，身体也随着抖动。

一刹那轰鸣又戛然止住，只余下夜的沉静降临于大地。同时，极绚烂且极大的蝶群簇拥着撞来，使身体将要站立不住。奋力用两手分开蝶群，打算寻一条生路，于是继续向更深处前行。感到身体的中心发生了电气的流动，终于喷涌，野球就在右手中，大拇指、第二指和第三指捏着野球。用了全身的气力，仿佛野球将要变形。眼睛凝视着刚刚发出轰鸣的黑洞，手倾注所有的力量将球掷向了鬼眼的虚空。

四

玻璃终于抵挡了外面的空气,却被阳光刺透了全身。

空港电气列车在轨道上平稳地行驶着。向着成田机场的方向行驶着。列车的里面坐着百无聊赖的人们,还有一个坐在位子上百无聊赖的偶。

偶想要看一看时间,便伸手去摸口袋中的携带电话。口袋中只有余下一百日本円的钱包,别的便什么都没有了。大约是忘在孟婆咖啡店了,使人心烦,然而此时应该已经没有电气,现在也已寿终正寝了罢。对面座位的五岁大小的哥儿时不时瞟偶一眼,又在一旁的父亲模样的男人耳边动着嘴唇,似乎在小声说话。偶的脸上莫非有什么东西么?想起来了,偶将脸转向玻璃窗,果然,面颊上还残留着昨日画的胡须。那骗人的混账猫女!偶的这脸的侧颜不是变成了鲁滨逊了么？今天还是个星期五，鲁滨逊的忠仆不是便叫做星期五的么？竟然连天都在讥笑偶么？嗯？远处的那是什么？

“爸爸，看那个！”

“哦哦！”

“那是纳尼？”

“撒，是什么呢？似乎还要变得更高哦。”

“高到哪儿？”

“嗯嗯，爸爸也不清楚呀。说不定可以高到天上去呀。”

“红豆泥?!”

同时亦同问

无人答我空遗恨

只闻汽笛声

哥儿将脑袋向着地面，倒过来看那玩意儿，似乎感到实在是愉快且悠悠然了。小孩子自然没有错，然而牛顿说的也没有错。天与地确是相互吸引又永难合为一体的。

这是永远不能改的道理。融合与分离,倘若这二者本身能够并存该有多么好。

那个高塔模样的东西究竟是什么?偶记忆中的这个地方似乎不该有的。那样一来,上海的团子串会被轻轻松松地超越罢……说起来还没有吃团子。不,又似乎在那里已经吃过了团子……算了算了,吃了又如何?不吃又能怎样?况且芋坂在东京的哪一处呢……偶不清楚下一回什么时候能够再来东京,后年的辰年偶便二十了。或许那以后偶便不再有来到日本国的义务,也不再有来的理由了罢。从刚刚开始,脑里的走马灯经思绪的风一吹,又开始缓缓地嘎啦嘎啦地转动起来了。

偶总觉得K守着约束也来到了东京。想要见到K的情绪一瞬间充满了偶的心底。事已至此,这情绪究竟算纳尼?为什么偶的性格如此乖僻?想法如此曲折?嘴巴如此言不由衷?眼睛如此偏离现实?偶正是一个愚不可及的昏蛋。其实,即便是日本国,也是从心底里喜欢的,红豆泥。

母亲定在担心偶了。没有能够回复短的信,也没有再联系。不过偶也算带回去了五袋滤滤沙和《阿囡》给伊,伊大约可以原谅偶了罢。

咦？偶为什么在向东方前行？中国不是在日本国的西面么？空港列车唷，你究竟打算载偶去往何处？

先生？您元气爹死嘎？您那里的世界怎样了呢？您乐见的世界存在了么？您不是教诲过，天人合一、则天去私之类的知识人的无聊的消遣，尚不及行住坐卧、行屎送尿等愚民的活生生的生活的么？记得您还说过：世上本没有猫，欲餐则食，欲眠则寝，欲怒则无所顾忌，欲泪则不阻涌泉，如此效仿，也便成了猫。

此刻的天空偏偏无云，然而却是呆板无聊的铅色，这铅色却又扩大到整个宇宙。他仿佛面冷如水，这水中又仿佛中和了世间万物，他的脸上现出冷冷的微笑，似乎大有深意，却始终不语，如墓碣般沉默。

离别莫感伤
梦里一线相思水
河汉两相望
（漱石）

別るゝや
夢一筋の
天の川
（漱石）

わかるるや
ゆめひとすじの
あまのかわ
（そうせき）

中文版后记

我写完这篇小说后,感到颇为得意。因为我以为创造出了无法翻译的具有独创性的作品。我写这篇小说时充分地利用了日语特有的文字结构。而且这个写法与小说的内容是密切相关的。所以这翻译版的出现,真是让我感到意外。

这篇小说的原名是《我要变猫》(日语:『吾輩ハ猫ニナル』),但宋先生把它改成《我似猫》了。我很中意这个中文版的名字,开始期待这翻译版的完工。几个月后,我从宋先生那里收到翻译成中文的作品。他充分地利用了汉语的结构来重新构建了一部小说。这部翻天覆地的"翻"译真让我"似猫"了。

原作中,我模仿了《我是猫》的作者夏目漱石,但中文版还藏着另一个文学家的影子。宋先生认为中国的夏目漱石是鲁迅先生。在我看来,他与夏目漱石长得也有点像。但听说他是仇猫的。

我曾经在上海的少儿日语学校工作过。那里的小朋友们知道我发表了小说,就给我写了信。他们都表扬了我,鼓励了我,然后用简单的日语写了“好像很有意思的样子”。我希望他们以及所有读者看完这篇小说后跟我一样实现“似猫”,还希望继续看日语原版后实现“变猫”。

横山悠太

二〇一五年四月

(此文为作者直接用中文写就,略有修改)

译后记

一个晴朗的周末，正值北外的校友返校日，于君与横山君一同来到了东院主楼四层的日语系，那是我们三个人第一次见面。在我看来，一身茶色西装、肤色白皙、谈吐斯文的于君更像印象中的日本人。而怎么看都像是中关村卖配件的横山君只有在说话时，才会让我意识到，他才是真正来自邻国的友人。然而友人没有选择我想去的寿司店，而是执意要尝试一下新疆烤肉。

横山君喜欢夏目漱石，模仿漱石的文笔写了这部小说。在出版社工作的于君对于译文提出的唯一要求是——要翻译出鲁迅的风格。对于中学时读了七八遍《鲁迅全集》，留学时读了四五遍《漱石全集》，博士论文写了鲁迅与漱石比较研究的我来说，这份工作着实像一针兴奋剂，使头脑日趋麻木、心灵逐渐冰冻的我有了新的能量。说实话，那时的我正在工作与生活中疲于奔命。

在欧美国家长大的亚裔一般被称为“香蕉人”，黄色的皮肤，白色的文化。故事的主人公是中日之间的混血儿，但是不能像香蕉人那样，分清楚哪部分是中国的，哪部分是日本的。他的名字是日本人，在日本却觉得恐怖；他现在或者将来很可能一直生活在中国，但现在或者将来很可能一直在他的脑子里涌出日语来。记得我小时候听过一句歌词是“人字的结构就是相互支撑”，然而主人公却像《祝福》中到了阴间的祥林嫂，从中间要被锯成两半，却又不能完全锯开，这也算是“人”字的另一种解读吧。但是如果是这样还好，哪一半都算有个归属。最令他悲哀的，恐怕还是在中国人眼中他是日本人，而在日本人眼中他又是中国人吧。

我们在人生的不同阶段追求着不同的自我：家长的好孩子，老师的好学生，老总的好职员，孩子的好家长，社会的好公民……成年以后，我们还要在同一阶段同时扮演好不同的角色，拿我自身来说，父母的好孩子，妻子的好丈夫，儿子的好父亲，领导的好下属，学生的好老师，雇主的好翻译……小说的主人公只是就要分成两半，而现代的我们，就快要五马分尸了。但是我们依然要扮演好我们在不同舞台上应该扮演的角色。如果家人觉得你只是名好教师，学校觉得你只是名好译员，雇主觉得你只是个爱家好男人，这也算是我们最大的悲哀了吧。

漱石吐血后悟出了“则天去私”，鲁迅临终前希望后人“收敛、埋掉、拉倒”。我们扮演好了不同的角色，这些角色组合在一起，就是这个世界眼中的“我”，当我们不再苦苦寻找自我，这时的自我或许才是最强大的，也一定是最自由的。

绝望之为虚妄，正与希望相同。我一直不太理解这句话的含义，但我很想把这句话放在这里，这或许不是我的权力，就让我任性一次吧。

既然有过一次，第二次或许也被允许。请允许我在最后任性地放上一长串想要感谢的名字，因为我不知道这本书是不是我最后一部译作。横山君，感谢你相信我的能力；丁君，感谢你给我这次机会；杨炳菁老师，您是我学习的目标；应杰老师，您是我身边的偶像；HIRO，你是我前进的动力；MR，你的坚强令我五体投地；小白吃，你给了我生命的意义;王翰光、袁舒、王鹏程、邓沛捷、王凯悦、吴桐、刘思敏、王新、曹梦岩、张田、宋礼农、李博寰,你们的笔译作业总是让我眼前一亮。

一个晴朗的午后,我与于君、横山君在五道口又见面了,这次的地点终于是在日本人经营的连锁餐厅了,然而这里主营的却是意大利菜。

宋刚

二〇一五年四月

编者的话

初次和横山君见面,是在一家我们误以为是韩国菜馆的正宗朝鲜国餐厅。而那日恰恰又是公历的八月十五日,餐厅特意举办了小型的“抗战胜利纪念演出”。当我们走进餐厅的时候,感到说不出的紧张、诡异和违和。好在,漂亮得匪夷所思的朝鲜女招待们缓解了尴尬的气氛。现在回想起来,这个中日朝韩的多文化碰撞的初次见面,还真是别有深意。

《我似猫》就是一部文化碰撞下产生的世界文学的作品。

《我似猫》是二〇一四年的“群像新人奖”获奖作品,也入围了当年的“芥川奖”。我听说了这部新作后,很感兴趣,马上从日本邮购了回来。我是不惮于看日本文的小说的，但现代日本文中横冲直撞的外来语，也往往让我吃不消。但对《我似猫》这本书，全然没有这样的缺点，诚如作者所言，这是一部写给学习日语的中国人的小说，可谓是无障碍阅读。我只花了一个晚上就通读全篇，而且回味无穷。

显然，《我似猫》在多个层面上，是向日本一代文豪夏目漱石的名作《我是猫》致敬的作品。《我是猫》以猫眼窥视社会百态；《我似猫》里，主人公作为一个中日混血儿，何尝不是一个人格化的“猫眼”，反射出一个我们从来不熟悉的中国和日本呢！在文化层面上，《我是猫》反映了明治维新后西方文化对日本的冲击；《我似猫》则反映了当下中日两国文化的互相渗透。横山是极崇拜夏目漱石的，他的作品里，也处处透出一股夏目先生的微苦爆笑的幽默，不时让我或哑然失笑，或拍案大笑，或捂着肚子断断续续地笑，或者过了半个小时，猛然回过味儿来，止不住地笑。彼时，我知道横山已在中国住了十年，大概这样才能有如此的洞察力罢。

我决心将这本书介绍给中国读者。

然而实际见到横山时，和我的想象中却又完全不同：既非孤僻怪异的日本作家的形状，也非老油条式的中国通的形状,而是一个单纯质朴到极点的青年。出于营销的目的,我向他建议:“像那个著名的日本骗子手加藤,挣些钱也还是容易的。”然而他只是摇头。问了他将来的打算,他只是说:

“还是做个语言学方面的学者罢。”

外国人在中国,多多少少会摸不清门道。然而横山确实是传统到极致的日本人,似乎除了写作和学问,就没有什么所求了,以至于不使用微信等工具,颇让我惊异了。后来我带横山到万圣书园去,他的眸子一下子发出灼灼的光芒,仿佛接触到了生命中极致的大欢喜一样。我才知道,只有这样的人,才能写出这样的书罢!

我和横山一直在讨论翻译的问题。这作品的一大难点,或者说一大闪光点,就是将中日语言杂交,在写作语言上是一种革命性的创新。然而这也是翻译上最棘手的问题。《我似猫》模仿了夏目漱石的笔法,而夏目漱石对应我国的文豪,自然是鲁迅先生了。我决计翻译上用鲁迅先生的腔调。然而要找到一个人,既懂夏目漱石,又懂鲁迅,又要有好的文笔,这样的人何其难找!我只好和横山约定,找到合适的翻译前,不考虑后续的出版工作。

这个人竟然被我找到了。北外的宋刚老师,已经是成名的学者了。然而为了保证译文的质量,我还是厚着脸皮,请求宋刚老师试译。译文质量之高,大大超乎我和横山的想象,连《我似猫》这个惟妙惟肖的书名,也是宋刚老师的杰作。待到整部译稿交稿时,真是让我又惊又喜,译文之精,省去了我多少编辑的工作啊。

我全力编辑这部书稿,然而,才学有限,力有不逮,如果读者们发现了语言上不妥当的地方,一定是我这个编辑的功力不够;而若看到那些闪光的句子,定要感谢横山的巧思妙想和宋刚老师的生花妙笔了。

我和横山聊天时,都觉得两国固有的当代文学格局,像铁屋子、大毒蛇,紧紧地箍住我们喘不过气来。《我似猫》是一部纯文学作品。文学,不能让每个人都懂,但真心希望这革命性的文字能给有志于文学的人带来启发,带来改变。

红豆泥。

编者

二〇一五年四月